IL SEGRETO DEL GATTO

UN DETECTIVE CON LE VIBRISSE
LIBRO 1

MOLLY FITZ

Editor: Megan Harris
Traduttrice: Barbara Parutto
Revisori: Annalisa Guerrini-Körner
Copertina: Lou Harper, Cover Affairs

PO Box 873543
Wasilla, AK 99687

TRAMA

Ero una ragazza qualunque, con sette diplomi universitari, che ancora non sapeva cosa fare nella vita... fino al giorno in cui ho rischiato di morire.

E se essere quasi uccisa da una macchinetta del caffè non fosse sufficientemente imbarazzante, ho anche scoperto di riuscire a parlare con gli animali. O almeno con uno di essi.

Si chiama Octavius Maxwell Ricardo Edmund Frederick Fulton, ma io lo chiamo semplicemente Gattavius. Parla così in fretta che non è facile capire cosa dice, ma mi ha rivelato che la sua ex proprietaria non è morta per cause naturali come tutti credono.

Quindi non ho altra scelta: ora come ora il mio scopo è diventare il primo detective di Blueberry Bay con un aiutante a quattro zampe, nascondendomi dietro la facciata di assistente legale presso lo studio Fulton, Thompson & Associates.

Ma come diavolo faceva il dottor Dolittle a farlo sembrare così facile?

NOTA DELL'AUTORE

Ciao e grazie per aver scelto questo libro! Anche a te piacciono i cozy mystery con una buona dose di umorismo? Allora saremo ottimi amici!

Cosa ne dici, intanto, di tenerci in contatto sulla mia pagina Facebook? L'ho creata appositamente per i miei fantastici lettori italiani. Vieni a trovarmi su www.facebook.com/raccontimiciosi

Insieme ci divertiremo tantissimo. Gira pagina... e inizia l'avventura!

Ti aspetto nel magico mondo dei gatti.

MOLLY

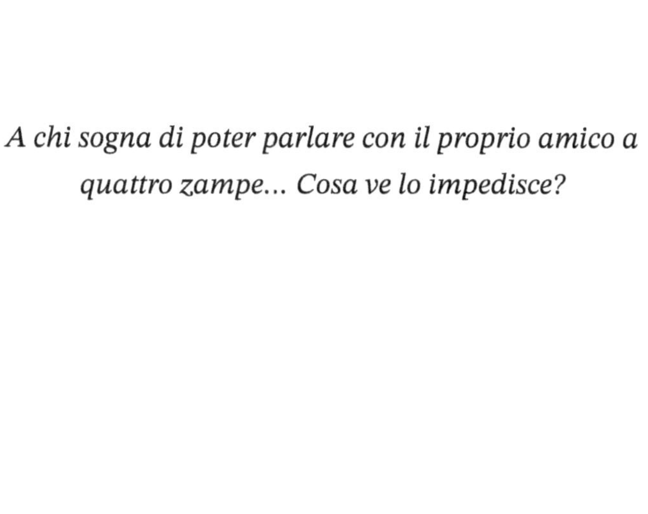

A chi sogna di poter parlare con il proprio amico a quattro zampe... Cosa ve lo impedisce?

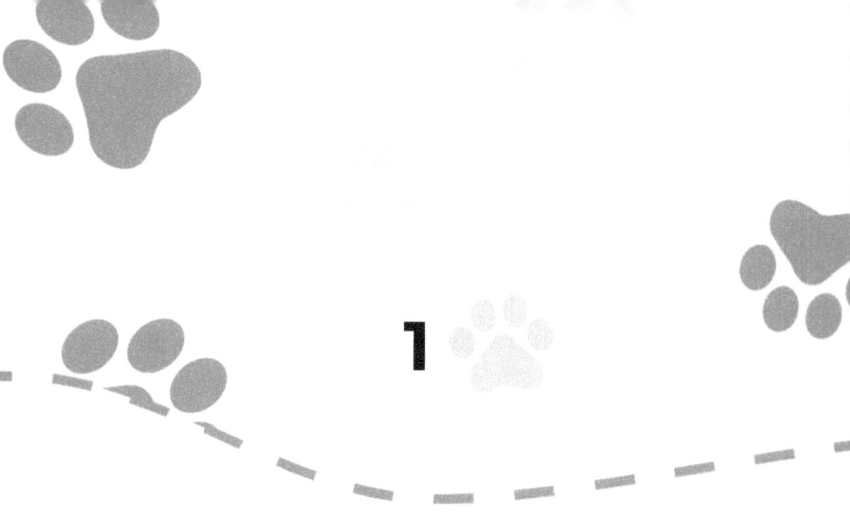

1

La prima cosa che dovete sapere di me è che detesto gli avvocati. La seconda è che lavoro per loro.

Non era questo il piano. Proprio per niente.

Sarei dovuta diventare una grande star e lasciare Blueberry Bay, senza niente di più che un'occhiata d'addio a quel dannato buco. Il problema è che... beh, ci vuole talento per diventare una star e io non ne avevo mai avuto molto. O per lo meno, non si era manifestato.

Non ancora.

Quando l'agenzia di collocamento mi aveva assegnata allo studio *Fulton, Thompson and Associates* come nuova assistente legale ero stata sul punto di rifiutare, ma poi avevo visto lo stipendio e mi ero improvvisamente ricordata della necessità di pagare l'affitto.

E così eccomi qui, a raggranellare soldi per tirare avanti mentre procedo lungo l'elusivo percorso verso la fama, eliminando uno alla volta dall'elenco ogni possibile talento.

Mi sembrava logico che, se avessi continuato a provarci abbastanza a lungo, alla fine avrei trovato la mia vocazione. Chissà, magari sarei diventata la miglior jodler hip-hop al mondo...

A parte il fatto che ci avevo già provato e... non aveva funzionato.

Ma va bene così, davvero. Mi godo la vita, anche se, ovviamente, vorrei bruciare le tappe ed essere già alla meta.

Salve a tutti, mi chiamo Angie Russo e un giorno diventerò famosa!

Sapete, mia nonna da giovane era un'acclamata attrice di Broadway fino al giorno in cui, all'apice della carriera, si è ritirata a Glendale, nel Maine, per metter su famiglia.

Prima che me lo chiediate, no: non so cantare, ballare o recitare, ma la nonna mi ha sempre detto che quello che mi scorre nelle vene è sangue da vera star, proprio come il suo e quello di mia madre.

Oh sì, probabilmente conoscete mia madre.

Conduce il notiziario su *Channel Seven*, mentre mio padre è un cronista sportivo. Essendo entrambi genitori in carriera, di fatto è stata la nonna a crescermi e a me è sempre andata benissimo così.

In effetti vivrei ancora da lei se non mi avesse delicatamente spinta fuori dal nido dicendomi che era giunto il momento di spiccare il volo e cavarmela da sola.

È successo un anno fa, poco tempo dopo il mio settimo diploma universitario consecutivo al Blueberry Bay Community College. Sì, devo ammetterlo, mi è sempre piaciuto saperne di più sulle cose che non riesco a capire.

Se non altro, Dio mi ha dotato di un buon intelletto, anche se in compenso ha reso i miei veri talenti piuttosto difficili da trovare. E uno dei miei diplomi è in studi paralegali e servizi legali amministrativi, un fatto che può sembrare strano per una persona che detesta gli avvocati quanto me.

Ma quella è un'altra storia...

Questa invece è la storia di come sono quasi morta. Ed è una storia interessante!

niziai la giornata affondando il naso in due giacche per cercare di capire quale fosse quella più pulita da indossare in occasione della lettura di un testamento che si sarebbe svolta in ufficio quella mattina. Entrambe sapevano leggermente di sudore e scarpe da ginnastica, cosa che mi sarebbe valsa una bella ramanzina da parte dei soci; e forse, era proprio ciò che mi meritavo per aver rimandato tanto a lungo il giro in lavanderia.

Dopo aver spruzzato una nube tossica di deodorante nell'armadio con il solo risultato di farmi venire la tosse, presi la giacca rosa neon dalla gruccia e me la infilai. Una camicetta a pois bianca e nera e leggings aderenti completavano perfettamente il mio look. Poiché quella mattina non avevo avuto tempo di lavarmi i capelli, raccolsi la mia chioma vaporosa lunga fino alle spalle in un disordinato chignon, a cui diedi il tocco finale con un grazioso fermaglio che avevo acquistato in settimana nel mio discount preferito.

E prima che me lo chiediate...

No, non avevo avuto tempo per la lavanderia. E sì, ho sempre tempo per il discount.

Quella mattina, in ogni caso, non avrei avuto tempo nemmeno per quello: infatti avevo impiegato così tanto a decidere quale giacca indossare da essere ormai praticamente in ritardo. Già non sono una persona mattiniera, ma se ci aggiungiamo anche la frenesia di prepararsi per andare al lavoro...

Beh, sapevo già che la giornata sarebbe finita male.

Schizzai fuori dalla porta senza aver fatto la doccia, né la colazione e senza nemmeno aver preso il caffè, sperando di avere almeno la fortuna di beccare tutti i semafori verdi sul tragitto casa-lavoro. Invece, il treno più lungo del mondo mi bloccò la strada a soli due isolati da casa. I binari correvano a fianco dell'unica strada principale della nostra piccola cittadina costiera e non c'era modo di arrivare in ufficio tramite strade secondarie, così mi ritrovai bloccata per quindici infiniti minuti in una lunga fila di automobilisti arrabbiati che non la smettevano più di suonare il clacson.

Quando finalmente riuscii ad arrivare in ufficio, ovviamente c'erano già tutti e la lettura del testamento avrebbe avuto inizio in meno di dieci minuti. Anche la speranza di passare inosservata si infranse subito.

«Russo!» sbraitò il signor Thompson ancor prima che la porta si richiudesse alle mie spalle. Se vi immaginate un tizio un po' anziano con indosso scarpe da barca e un *ascot*, avrete chiaro l'aspetto del signor

Thompson e, ancor più, il suo atteggiamento. È un ottimo avvocato, ma non è un capo amichevole.

Una spessa vena carnosa gli pulsava sulla tempia e, per qualche motivo, non riuscivo a smettere di fissarla. Mi rivolse uno sguardo torvo, facendo segno di no con il dito: «In ritardo e vestita come per una sciocca festa a tema anni Ottanta anziché per la lettura di un testamento. No, non andiamo affatto bene. Vada a chiedere a Peters se ha una giacca da prestarle.»

Mi ci volle la forza di mille bodybuilder per non alzare gli occhi al cielo mentre mi fiondavo a cercare l'unica associata di sesso femminile dello studio.

Essendo le uniche donne venivamo spesso accomunate, ma io e Bethany Peters non avevamo proprio nulla in comune. Lei era bionda e graziosa e *sembrava* dolce e gentile, ma in realtà fra tutti gli associati era il peggiore degli squali. Immagino fosse costretta a esserlo per farsi prendere sul serio in un ambiente prettamente maschile.

Ma io che ne sapevo? Ero una semplice assistente che non avrebbe nemmeno voluto trovarsi lì.

Bethany alzò gli occhi verso di me nell'istante esatto in cui varcai la soglia del suo ufficio e io mi tappai il naso con le dita: vedete, lo squalo aveva una vera e propria ossessione per gli oli essenziali, li vendeva perfino in quegli insopportabili party online a cui ci invitava tutti una volta al mese. Anche se lavoravo allo studio solo da pochi mesi, avevo già ordinato più sali da bagno alla lavanda di quanti avrei mai potuto utilizzarne in tutta la vita.

Quel giorno l'ufficio di Bethany puzzava di ginepro e limone, decisamente non la migliore delle combinazioni. Ciò nonostante, qualsiasi bizzarro elisir di *girl power* stesse cercando di preparare, speravo sinceramente per lei che lo trovasse efficace.

«Fammi indovinare» disse con quel suo tono nasale e condiscendente che usava sempre con me o con gli altri dipendenti non laureati in legge. «Fulton ti ha mandata qui per chiedermi in prestito una giacca.»

Un sorriso mi si dipinse sul volto: «In realtà è stato Thompson.» Dite pure che sono una guastafeste, ma apprezzavo le occasioni in cui potevo dimostrarle che si sbagliava, in particolare quando una giornata iniziava male come questa. Era una piccola soddisfazione.

«Non potresti procurati degli abiti un po' più appropriati in modo che non sia sempre costretta a prestarti i miei all'ultimo minuto?» sospirò prima di percorrere l'ufficio ad ampie falcate pesanti, le braccia allargate. Sembrava un gorilla biondo in abiti firmati, ma decisi di tenere quel commento per me.

«Thompson... Fulton... Stanno dando di matto entrambi oggi» mi confidò Bethany. «Pare che l'anziana defunta fosse una parente di Fulton.»

«Come fai a saperlo?» chiesi spalancando gli occhi. Ecco perché erano tutti così agitati quella mattina!

«Beh, tanto per cominciare fa Fulton di cognome.» Si picchiettò un dito sulla tempia come a mostrarmi la sua superiorità intellettuale.

Mi picchiettai la testa anch'io e le risposi con una smorfia. Bene! Così sembravamo due gorilla da ufficio. Facevamo proprio un figurone.

Bethany sogghignò porgendomi la giacca blu scuro più noiosa che si sia mai vista sulla faccia della terra. «Cerca di tenerla addosso per l'intera lettura, ok? »

Annuii mentre cambiavo giacca. La sua mi pizzicava le ascelle, ma era meglio non lamentarsi. «Grazie» balbettai, riuscendo a stento a fuggire dal suo ufficio prima che potesse riattaccare con la solita solfa che presso l'Esercito della salvezza o altri enti caritatevoli avrei potuto trovare abiti adatti alle mie finanze.

«E levati quel fermaglio!» mi gridò dietro.

Oh, accidenti! No!

Ma poiché Bethany era ostinata quanto un cane con l'osso quando si metteva in testa qualcosa, mi affrettai a togliere il pregevole accessorio, strappandomi anche qualche capello. La mossa maldestra fece crollare lo chignon; cercai di rimediare al danno passandomi le dita fra i capelli nella speranza di rendermi vagamente presentabile, almeno quanto bastava per non scontentare nuovamente tutti i presenti.

«Angie, ci siamo?» mi chiamò il signor Fulton, il più importante dei soci senior, dall'interno della sala conferenze. Per qualche motivo Thompson ci chiamava sempre per cognome e Fulton per nome. Forse era il loro modo di giocare all'avvocato buono e all'avvocato cattivo, o magari era per tenerci sempre sull'attenti.

Sfoderai il mio sorriso migliore: dopotutto il poveretto aveva appena subìto un lutto. «Buongiorno, signor Fulton. Posso esserle utile?»

Il suo sguardo si soffermò qualche istante sul mio volto, poi si schiarì la gola e indicò una vecchia macchina da caffè impolverata in un angolo della sala: «Ci servirà parecchio caffè oggi e giacché è arrivata un po' in ritardo, temo non ci sia tempo di andare in caffetteria. Dovrà usare la vecchia macchinetta. Lo faccia bello forte, eh, più che può!»

«Subito!» La macchina per il caffè veniva usata molto di rado, proprio solo in caso di emergenza caffeina da codice rosso. Il fatto che quella mattina servisse non era affatto un buon segno.

In realtà non avevo mai usato quel pezzo da museo. L'unica volta in cui ci ero andata vicina, uno stagista era arrivato di corsa in ufficio con un grande vassoio di Starbucks, togliendomi dagli impicci. Ma non doveva essere poi così difficile capire come far funzionare quel vecchiume: in fin dei conti avevo sette diplomi universitari, no?!

Il signor Thompson, Bethany e alcuni altri associati fecero il loro ingresso proprio mentre armeggiavo con il filtro che, chissà perché, sembrava non avere alcuna intenzione di entrare nelle apposite scanalature del macchinario. In genere solo uno o due avvocati presenziavano alle letture, ma per questa sembrava essersi radunato lo studio al gran completo.

Forse perché la defunta era parente di uno dei soci? O c'era sotto qualcos'altro? A quel punto la situazione aveva catturato il mio interesse.

Mentre mi affaccendavo nel mio angolino colsi alcuni frammenti delle conversazioni fra i presenti riuniti intorno al tavolo della sala conferenze. Solitamente le chiacchiere quotidiane fra colleghi erano piuttosto insipide, ma quel giorno i pettegolezzi sembravano parecchio succosi.

«Bisogna ammettere che si tratta di una situazione insolita» esordì Thompson.

Fulton gli fece seguito: «Considerate le clausole, mi aspetto che qualcuno dei beneficiari abbia da ridire.»

Un associato di nome Brad piazzò sul tavolo un registratore a nastro, un'altra reliquia dell'ufficio, mentre Bethany sistemava una pila di fogli.

Quando finalmente il filtro scattò in posizione mi sfuggì un urletto di trionfo che attirò gli sguardi cupi dei colleghi. «Faccio in un attimo!» borbottai mentre mi affrettavo a superare la folla che si accalcava, con in mano il bricco per il caffè ancora desolatamente vuoto.

Prima che riuscissi a raggiungere il rubinetto della piccola cucina dell'ufficio, una bionda di bell'aspetto con indosso un elegante completo coordinato e una collana di perle rosa mi venne incontro.

«Angie, sono così felice di vederti!» Diane Fulton, la moglie del capo, mi strinse calorosamente la mano aggrottando le curatissime sopracciglia. «Ti sei vista la puntata dell'altra sera?»

Nonostante si vestisse come una nobildonna snob,

Diane era la persona con cui andavo più d'accordo in ufficio. Avevamo un lungo elenco di reality show che seguivamo entrambe e di cui discutevamo ogni volta che veniva a trovare il marito per pranzo.

Sgranò gli occhi in attesa della mia risposta. Certo, a volte faccio tardi al lavoro, ma sono sempre preparata quando si tratta dei nostri programmi preferiti!

«Non posso credere che Trace sia stato eliminato!» risposi con un sospiro desolato mentre aprivo il rubinetto e riempivo d'acqua la brocca. «Probabilmente, però, firmerà comunque un contratto discografico.»

«Vediamoci più tardi» disse lei con espressione lievemente crucciata. «Devo andare...» Indicò la sala conferenze e aggrottò nuovamente un sopracciglio.

Mi sentivo davvero male per lei. «Ho saputo. Condoglianze. Ehm... non era tua parente, vero?»

Per un attimo mi fissò come se non avesse udito la domanda. Indossava orecchini con pendagli così lunghi che le colpirono le guance quando scosse il capo. «Ethel era la prozia di Richard. Era molto anziana ed era malata da tempo. Tutti ci aspettavamo che accadesse in tempi brevi, credo.»

«È comunque uno schifo di situazione» borbottai.

Diane mi rivolse un sorriso educato, poi si congedò.

Ma davvero? Il meglio che ero riuscita a tirare fuori era *uno schifo di situazione?* C'era un motivo se nessuno dei miei attestati universitari era in scienze della comunicazione! Così mi ritrovai di nuovo a pensare che non sarebbe stata una cattiva idea tornare all'università. In fin dei conti la scuola era sempre stata il mio rifugio, una delle ragioni per cui avevo così tanti diplomi.

Rientrai nella sala conferenze con la caraffa piena d'acqua e una busta di caffè in polvere scaduta l'anno prima, ma che per fortuna aveva ancora un buon profumo. Durante la mia assenza la sala si era riempita ancora di più. I Fulton dovevano essere una famiglia numerosa, oppure la prozia Ethel era molto ricca e, presumibilmente, munifica.

Il signor Fulton mi rivolse uno sguardo interrogativo, con un sopracciglio sollevato.

«Il caffè è quasi pronto!» gli assicurai mentre mi affrettavo ad attraversare la sala piena di gente, fino al mio angolino dove mi aspettava il rudere.

Riempii d'acqua il serbatoio più velocemente che potei, aggiunsi il caffè in polvere nel filtro e premetti il grosso pulsante rosso.

Ma non accadde nulla.

Provai a premerlo ancora... e ancora... e un'altra dozzina di volte senza nessun risultato.

«Magari funziona se lo colleghi alla presa!» chiocciò Bethany a voce abbastanza alta da farsi sentire da tutti, facendoli ridere di me e della mia palese incompetenza.

Accidenti, che situazione imbarazzante!

Infilai una mano dietro il macchinario e finalmente trovai il cavo. Tutti i presenti ridacchiavano ancora quando infilai la spina nella presa.

All'inizio sentii solo un lieve pizzicore alle dita, poi un'acuta sensazione di dolore mi attraversò il corpo. Per circa due millisecondi ebbi la consapevolezza assoluta di tutto ciò che mi circondava: ogni singolo odore, suono, sensazione... perfino l'aria nella stanza sembrava avere un sapore in quel momento. Le risatine si trasformarono in un sussulto collettivo che dilagò nella sala.

Poi, con un acuto ronzio, tutto svanì e caddi a terra, priva di sensi.

2

uando riaprii gli occhi ero stesa sul pavimento della sala conferenze. Strano, non ricordavo di essere svenuta, eppure eccomi lì.

Il mio cuore galoppava a un milione di battiti al secondo, ma il resto del corpo era come addormentato, formicolante. Provai a muovere le braccia, ma senza riuscirci: restarono inerti lungo i fianchi. Uno dopo l'altro i miei sensi tornarono in funzione.

Pop!

La prima cosa che udii fu il grido della signora Fulton; poi i presenti iniziarono a bisbigliare fra loro. Riconobbi alcune voci, ma altre mi risultavano del tutto sconosciute.

«È ora di buttare via quell'affare» sentenziò Bethany.

Il signor Fulton la ignorò e si affrettò a raggiungermi. «Angie... Angie...» La sua voce trasudava panico e si faceva più forte man mano che si avvicinava. «Sta bene?»

Nel frattempo il signor Thompson borbottò qualcosa sulla responsabilità e sui risarcimenti ai dipendenti: proprio ciò che chiunque lo conoscesse si sarebbe aspettato da lui in una situazione del genere.

Stavo ancora cercando di ricordare cosa fosse successo quando l'improvvisa presenza di un peso sul petto mi rese difficile respirare. Un intenso odore di tonno mi riempì le narici, così forte e inatteso da causarmi un accesso di tosse.

Una voce che non avevo mai udito prima mi sovrastò: «Beh, che dire? Sembra che questa abbia più di una vita. Umani, *bah!* Sono così fragili.»

«Respira!» gridò Diane.

«Ma certo che respira, tesoro» le rispose il marito con una nota di sollievo palpabile nella voce. «Tossisce perfino.»

«E io che pensavo che non valesse la pena di fare tutta quella strada in auto!» proseguì la voce sconosciuta, facendo seguire alle parole una risatina scortese. «Giuro, zampa sul cuore, che questa è stata la cosa più divertente che mi sia capitata in tutta la settimana.»

Quando infine riuscii a sollevare le palpebre, un paio d'occhi scintillanti color ambra mi fissavano da pochi centimetri di distanza. Un momento... Perché c'era un gatto in ufficio? E perché mi stava *addosso*? Cercai di mettermi seduta, ma non avevo ancora le forze per riuscirci senza un aiuto.

«Mia cara,» proseguì la voce con la sua parlata lenta «per esser in grado di camminare ancora saresti dovuta atterrare sulle zampe.»

Mi sfuggì un gemito acuto. Percepivo gli altri affaccendarsi intorno a me, ma l'unica cosa che riuscivo a vedere era quel dannato gatto che aveva invaso senza permesso il mio spazio personale.

«Cos'è successo?» chiesi prima di ricominciare a tossire.

«Credo che tu abbia preso la scossa dalla macchina del caffè quando hai inserito la spina» mi spiegò Diane. Da come le tremava la voce capii che aveva pianto e mi sentii malissimo al pensiero dello spavento che le avevo causato con la mia goffaggine.

«Oh, cielo! Questa è ancora più stupida di quell'altra. Sarà *magnifico* vivere con lei mentre il resto della famiglia decide dove scaricarmi. Stolti! Non riconoscono la grandezza nemmeno quando ce l'hanno proprio davanti agli occhi.»

Con un altro gemito cercai di sollevare la testa per guardarmi intorno. «Chi ha parlato? » chiesi.

«Angie, sono io» disse Diane stringendomi delicatamente una mano. «Hai chiesto cos'è successo e io ti ho detto che hai preso la scossa.»

«No, intendo dire il tizio che ci ha appena dato delle stupide!» Avrei voluto tirarmi su a sedere per riuscire a vedere oltre quel fastidioso gatto, ma la sua figura riempiva per intero il mio campo visivo. Ovviamente avevo molto domande sull'accaduto e su come quel minuscolo vecchiume fosse riuscito a mettermi KO, ma avevo ancor più urgenza di capire chi aveva parlato.

Una risatina sommessa risuonò nelle vicinanze: «Ti ho dato della stupida perché *lo sei*. L'onestà è la scelta migliore, la verità ci rende liberi e via dicendo, tutte quelle insensatezze che piacciono tanto a voi umani.»

Se non avessi saputo che era impossibile, avrei giurato che quella strana voce cadenzata appartenesse al gatto. Che razza di botta in testa avevo preso??

Il felino si avvicinò talmente che le sue vibrisse mi solleticarono il viso. I suoi occhi, grandi in modo inquietante, si muovevano freneticamente da una parte all'altra, come se stesse dando la caccia a una qualche preda. Speravo proprio di non essere io quella preda! Ero a malapena scampata alla macchina per il caffè; se quel giorno un essere senziente avesse deciso di farmi fuori, non avrei avuto la minima possibilità di scampo!

«Hai... Hai davvero sentito ciò che ho detto?» domandò la voce. Di nuovo ebbi la netta sensazione che provenisse dal gatto. Si era mangiato un bambino o cosa? Quella situazione non aveva il minimo senso.

«Sì, ti sento e ti trovo piuttosto meschino» risposi, sbuffando e cercando di darmi un tono, nonostante fossi ancora stesa a terra.

«Angie, con chi stai parlando?» chiese Diane in tono incerto. Sembrava preoccupata almeno quanto me.

«Non so chi sia, ma continua a insultarmi! » Chiusi forte gli occhi e li riaprii lentamente.

Il gatto sembrava sorridere, ma non in modo amichevole. Mi chiesi nuovamente se mi considerasse una preda facile. Dannazione, perfino io mi consideravo una preda facile in quel momento.

«Nessuno la sta insultando, Angie» insistette il signor Fulton. «Vogliamo solo accertarci che stia bene.»

Il gatto sorrise di nuovo, un sorriso più ampio questa volta. «Oh oh, sono io! Io ti sto insultando, stupida creatura senza pelo.»

«Mi ha appena chiamata stupida creatura senza pelo! Davvero non lo sentite?» Sbattei le palpebre più volte e mi diedi un pizzicotto, ma non successe nulla.

«Russo, per oggi è in mutua. Vada subito in pronto soccorso!» mi ordinò il signor Thompson da un punto non ben precisato vicino alla porta, dopo essersi schiarito rumorosamente la gola.

«Wow, riesci davvero a sentirmi!» proseguì la voce. «Allora passiamo alle presentazioni: mi chiamo Octavius Maxwell Ricardo Edmund Frederick Fulton e ho alcune richieste.»

Era una tale fatica cercare di stare dietro a tutte quelle conversazioni! Sapevo che i soci erano preoccupati per me e per le ripercussioni sullo studio, ma ancora non ero riuscita a capire a chi appartenesse la voce misteriosa o cosa volesse da me. «Octavius Maxwell... chi?»

«Cara, ti riferisci al gatto?» mi chiese la signora Fulton sollevando il felino tigrato e togliendomelo finalmente dal petto. I miei poveri polmoni le furono immensamente grati e mi sentii subito più in forze.

Diane si avvicinò il micio al viso e, con la vocina stucchevole con cui si parla ai bambini, disse: «Stai cercando anche tu di aiutare la nostra Angie? Sei proprio un dolce tesoruccio peloso!»

Il gatto si voltò verso di me, le pupille ridotte a fessure: «*Aiutamiiiiii!!!!*»

Con la forza dettata dalla necessità di capire che diavolo stesse succedendo, riuscii finalmente a mettermi seduta e guardarmi intorno.

«Oh, bene. Ora che riesce a muoversi, Peters la accompagnerà immediatamente in ospedale» decretò Thompson.

Bethany sospirò, ma non osò ribattere.

«*Aspetta!*» Il tigrato balzò al mio fianco non appena Diane lo rimise sul pavimento. «E le mie richieste?»

Lo fissai esterrefatta. Non era assolutamente possibile che...

Il gatto sbatté la coda ed emise un ringhio basso e profondo. «So che riesci a sentirmi, quindi cosa ne dici di mostrare un po' di educazione e fare la tua parte nella conversazione?»

«Che cosa vuoi?» bisbigliai, ben consapevole che tutti i presenti vedevano e sentivano la pazza che parlava con il gatto, che tra parentesi non era neanche il suo.

«La mia proprietaria è stata assassinata e tu devi aiutarmi a dimostrarlo. Inoltre, fatto altrettanto fondamentale, non mangio da ore. Anni, forse!» Appiattì le orecchie contro la testa e spalancò gli occhi, cosa che mi fece provare un'immensa tenerezza nei suoi confronti, nonostante l'atteggiamento scortese.

Poi il mio cervello elaborò le sue parole e sussultai: «*Assassinata?*»

Bethany ridacchiò nervosamente e mi prese per un braccio: «Ok, andiamo subito in ospedale. Le allucinazioni non sono mai un buon segno!»

«Ma...» cercai di obiettare, ma desistetti subito rendendomi conto che non avevo nessun motivo valido (o che non sembrasse folle) per oppormi.

«*Assassinata!*» mi gridò dietro il gatto in tono drammatico. «È stata eliminata anzitempo e ora che so che riesci a capirmi mi aiuterai a farle giustizia come merita! È il minimo che possa fare per ringraziarla dei lunghi anni che ha trascorso a sfamarmi e a sistemarmi i cuscini proprio come piace a me. Inoltre, hai sentito cosa ho detto sulla necessità di mangiare?»

Io e Bethany eravamo ormai quasi alla porta: era

la mia ultima possibilità di parlare con lui. Per quel che ne sapevo, non avrei più avuto occasione di rivederlo. Ovviamente sapevo che era da pazzi pensare anche solo per un momento, che tutto ciò potesse succedere davvero, ma non potevo comunque ignorare il fatto che il tigrato parlante avesse bisogno del mio aiuto.

«Ti aiuterò!» gridai verso la stanza subito prima che la porta si richiudesse alle nostre spalle.

«No, sei *tu* che hai bisogno di aiuto» ringhiò Bethany con un tono ben più animalesco di quello del gatto. «Comunque grazie tante. Era la prima volta che partecipavo a un evento di questo rilievo in ufficio e ora me lo perderò grazie al tuo bel teatrino con la macchina da caffè.»

Quelle parole mi fecero male quanto la scossa. «Non penserai davvero che mi sia presa una scarica elettrica per sabotarti??»

Lei sospirò e si coprì il volto con le mani: «No, mi dispiace. So che non è colpa tua. È che, essendo l'unica donna, mi faccio il mazzo il doppio degli altri, ma non pensano neanche lontanamente di chiedermi di diventare socia.»

«Sì, beh... almeno non sei solo un'assistente imbranata.» Onestamente non riuscivo a credere che Bethany si lamentasse dei *suoi* problemi quando mi ero trovata a un passo dalla morte solo qualche minuto prima.

O forse sì. Si trattava di Bethany dopotutto.

Mi aiutò a sedermi sul sedile del passeggero della sua auto, una Lexus nuovo modello, il che mi fece capire che probabilmente non se la passava poi così male come diceva. Ciò nonostante, mi sentivo in colpa per averle fatto perdere quella che lei considerava una grande occasione, così le dissi: «Per quel che vale, sei molto più intelligente di chiunque lì dentro.»

Lei rise mentre si allacciava la cintura di sicurezza e regolava lo specchietto retrovisore. «Anche più di Thompson e Fulton?»

Annuii e il movimento mi causò un capogiro. «Soprattutto più di Thompson e Fulton!»

Ci scambiammo una breve occhiata complice prima che ingranasse la marcia e si immettesse sulla strada principale. Mi auguravo che non passassero altri treni quel giorno perché, nonostante il breve momento di solidarietà femminile che avevamo appena condiviso, non sapevo quanto saremmo riuscite a resistere chiuse insieme in un'auto.

«Grazie per avermi accompagnata anche se non ti andava. Non c'è bisogno che mi aspetti. Basta che mi lasci lì, poi chiederò a mia nonna di venire a prendermi.»

«Ci avevo già pensato. Se mi do una mossa posso ancora assistere alla lettura.» Si picchiettò la tempia per mostrare nuovamente la sua superiorità intellettuale e con quel gesto le cose fra noi tornarono alla normalità.

E io sarei tornata alla normalità? Non ne ero sicura.

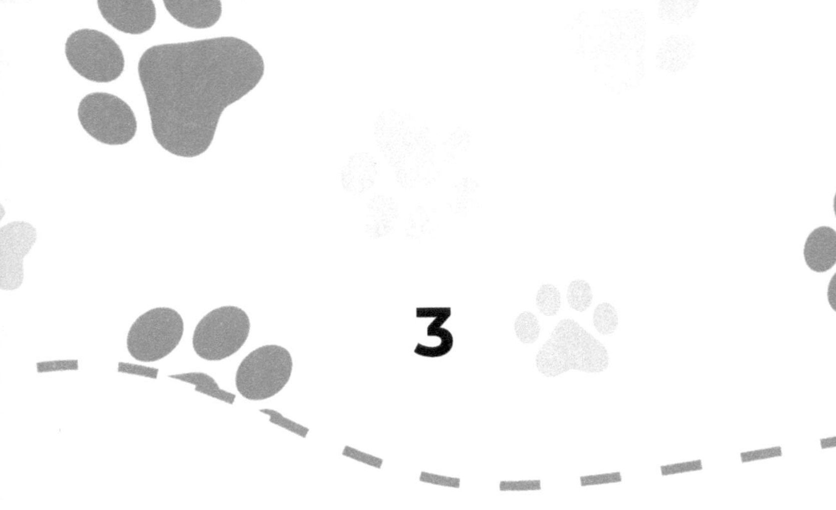

3

M e ne stavo seduta con le gambe penzoloni sul lettino del pronto soccorso con il medico che mi rideva in faccia senza ritegno: «Ha davvero preso la scossa da una vecchia macchina da caffè?» Decisamente non il tipo di accoglienza che mi sarei aspettata in ospedale!

Incrociai le braccia sul petto e mi voltai per non vedere la sua espressione divertita. «Sì e non capisco cosa ci sia di tanto buffo.»

Finalmente il medico si fece serio, mentre giocherellava con la penna come per uno strano tic. Osservandomi accigliato, chiese: «E ha perso conoscenza in seguito a ciò?»

«*Sì.*» Glielo avevo già detto.

«Ha battuto la testa quando è caduta?»

«Non credo.» C'erano ancora molti aspetti della questione che non mi erano chiari, ma se non altro fisicamente mi sentivo bene.

Il medico si infilò la penna nel taschino e mi fissò negli occhi, poi dichiarò: «Beh, a me sembra che stia bene. Al massimo le prescriverei un antidolorifico nel caso in cui dovesse aver male da qualche parte a causa della caduta.»

Esitò un istante, poi scosse il capo con una risatina ironica: «Comunque è strano... Il livello di tensione di una macchina da caffè dovrebbe causare solo una scossa lieve. Sono sorpreso da quanto le è accaduto.»

Di nuovo. Era meglio che me ne andassi prima che decidessero di convocare l'intero staff del pronto soccorso per illustrare il caso anomalo.

«Ok, grazie» balbettai.

Strinse gli occhi. «Ha parecchio di cui ringraziare. Deve essere grata di non avere ustioni o una commozione cerebrale. Ed è riuscita a farsi dare un giorno di mutua, eh?» Ebbe perfino il coraggio di farmi l'occhiolino prima di ricominciare a ridacchiare sotto i baffi e andarsene.

«Non l'ho mica fatto apposta!» gli gridai dietro cercando di impedire che la frustrazione avesse la meglio. *Che razza d'idiota.*

Quando fui certa che non sarebbe tornato, inviai un messaggino alla nonna e recuperai la mia roba per andare ad aspettarla fuori. Per tutto il tempo in cui rimasi seduta in attesa non vidi nessuno entrare o uscire dalla porta a vetri girevole dell'ospedale. Anche se Blueberry Bay non contava chissà quanti abitanti, mi sarei aspettata un po' di andirivieni, ma forse era un bene che quel pagliaccio di dottore non avesse veri malati di cui occuparsi.

Camminavo avanti e indietro lungo il marciapiede cercando di ricordare ogni possibile dettaglio di quella mattinata. Per quanto fosse stato scortese, il dottore aveva ragione almeno su una cosa. Avevo rischiato di morire a causa di una vecchia macchina da caffè e quando mi ero ripresa avevo scoperto di riuscire a capire il linguaggio degli animali.

Da bambina mi piaceva guardare Eddie Murphy nei panni del povero Dottor Dolittle, che aiutava gli animali grazie alla sua capacità di parlare con loro. All'epoca pensavo che sarebbe stato fighissimo, ma ora che la fantasia era diventata realtà ero spaventata a morte.

Una raffica di vento fece turbinare le foglie, attirando la mia attenzione sul parcheggio dove una coppia di gabbiani lottava a colpi di becco e artigli per disputarsi quello che sembrava l'incarto di un hamburger con del formaggio appiccicato al centro.

Uno di essi virò di lato con le ali, stridendo; l'altro sibilò e gli assestò una beccata alle zampe. La lotta riprese vigore mentre danzavano intorno all'incarto, garrendo e beccandosi a vicenda; lo stridio mi provocò l'inizio di quello che sembrava un potente mal di testa.

«Oh, statevene zitti!» sbraitai.

Ma ammesso che mi avessero sentita, erano troppo presi da quella battaglia improvvisata per curarsene.

Un momento però... riuscivano a capirmi? Mi avrebbero parlato come aveva fatto il gatto?

Mi avvicinai in punta di piedi, lieta di trovarmi da sola in un parcheggio vuoto perché sapevo che se qualcuno mi avesse vista mi avrebbe presa per pazza. Ma un po' di pazzia era un piccolo prezzo da pagare per riuscire finalmente a capire cosa mi stesse accadendo.

Mi schiarii la gola e mi rivolsi ai gabbiani: «Scusate...»

Uno dei volatili gracchiava e beccava l'altro, ma nessuno dei due mi diede retta.

«Scusate» gridai un po' più forte, facendo qualche altro passo verso di loro.

Uno di essi si voltò a guardarmi e l'altro colse l'occasione per afferrare l'involucro e volare via. Il primo partì all'inseguimento e presto i due si trovarono impegnati in un tiro alla fune con l'involucro che si attorcigliava e scricchiolava fra loro.

Mi lanciai anch'io all'inseguimento gridando a pieni polmoni: «*Scusateeeeee!*»

Finalmente entrambi si voltarono a fissarmi, ma nessuno dei due mollò la presa sull'ambito incarto.

Dato che, se non altro, mi stavano ascoltando, provai con un'offerta impossibile da rifiutare e, con un ampio sorriso, dissi: «Ho cibo delizioso di ogni genere, a valanghe! Hamburger, patatine fritte, coni gelato... E sarà tutto vostro se risponderete a una semplice domanda: *mi capite?*»

Uno dei gabbiani inclinò la testa, come se ci stesse riflettendo su; mentre era distratto l'altro ne approfittò per appropriarsi dell'involucro e volare via, librandosi alto nel cielo.

«Sono spiacente» dissi al volatile rimasto. «Posso procurarti altro cibo, roba buona che non arriva dai bidoni della spazzatura, che ne dici?»

Ma prima che potesse rispondere una decappottabile sportiva rosso rubino accostò al mio fianco, spaventandolo e mettendolo in fuga una volta per tutte.

La nonna tirò giù il finestrino del suo nuovo giocattolino e mi fece un fischio: «Salta su, tesoro!»

«Grazie per essere venuta a prendermi.» Mi accomodai sul sedile di pelle e mi allacciai la cintura di sicurezza.

La nonna mise l'auto in folle, si abbassò gli occhiali da sole dallo stile retrò e mi osservò senza dire una parola. I suoi capelli grigio blu erano coperti da una sciarpa di seta dai motivi vivaci e indossava guanti da guida della stessa identica tonalità di rosso della carrozzeria dell'auto. Dovevo ammetterlo: aveva stile da vendere! Anche dopo aver lasciato le luci di Broadway, non aveva mai smesso di esibirsi.

Feci spallucce. «Che c'è? Sto bene.»

Le si formarono piccole rughe sulla fronte: «Non dicevi molto nel messaggio. Cos'è successo?»

«Solo una lieve scossa elettrica. Te lo ripeto, sto bene.»

Sollevò un sopracciglio: «Allora perché sei andata in ospedale?»

Feci nuovamente spallucce. «Sai come sono fatti i soci. Non vogliono correre rischi legati a responsabilità e quant'altro.»

Lei scosse il capo, poi pigiò il piede sull'acceleratore così energicamente che entrambe finimmo dritte contro il sedile. «Allora, dove ti porto?»

Dovevo trovare il gatto: sembrava che soltanto lui avesse le risposte che desideravo. Con un po' di fortuna l'intera storia si sarebbe rivelata solo un brutto sogno. In ogni caso, dovevo scoprire la verità. Ma la nonna decisamente no, almeno finché non avessi saputo spiegare ciò che mi stava accadendo.

«In ufficio, per favore» risposi giocherellando nervosamente con la cintura di sicurezza.

Lei sbuffò sonoramente: «Dai, non ti prendi nemmeno la giornata libera? Hai già una buona scusa, approfittiamone per spassarcela! Potremmo andare in spiaggia o a una matinée. Che ne dici, cara?»

Ah, spassarsela! Le era sempre piaciuto un sacco. In alcuni dei miei ricordi d'infanzia più belli la nonna mi faceva uscire prima da scuola per imbarcarci in avventure folli e mal congegnate. Col tempo quelle piccole fughe erano diventate sempre meno frequenti. In effetti non ne avevamo più fatta nessuna da quando mio ero trasferita a vivere per conto mio.

Senza dubbio mi mancava la mia adorata nonnina. Però...

Detestavo doverle dire di no, ma non avevo altra scelta. «Sarebbe fantastico, ma devo recuperare la macchina in ufficio o sarà un bel problema domani.

Magari potremmo cenare insieme?» proposi con il sorriso più ampio che riuscii a racimolare.

Lei gemette e svoltò bruscamente a destra. «Questo nuovo lavoro ti ha cambiata.»

Oh, sì! E non sapeva quanto!

Pur avendo da ridire, la nonna mi riaccompagnò in ufficio in un lampo. Era passata poco più di un'ora da quando me n'ero andata e quasi tutti erano ancora lì a discutere del colpo di scena causato dal testamento di Ethel Fulton. Uno di loro poteva davvero essere un assassino?

Solo il mio nuovo amico a quattro zampe conosceva la risposta, perciò era fondamentale che lo trovassi senza indugio.

Avvistai Bethany che discuteva con altri associati e la raggiunsi per chiederle di ragguagliarmi su ciò che mi ero persa.

«Riuscite a credere che abbia lasciato tutti quei soldi al gatto? Che cosa può farsene un animale di una somma simile?» borbottò qualcuno che non riconobbi, prima di prendere una generosa sorsata del proprio caffè da asporto.

La donna al suo fianco annuì: «È un vero affronto!»

Chi erano quei due? Poteva trattarsi degli assassini? Mi chiesi cercando di non farmi beccare a fissarli mentre ne memorizzavo i volti.

Diane comparve dal nulla e mi strinse in un abbraccio quasi letale: «Oh, grazie al cielo stai bene. Eravamo così preoccupati.»

«Vi servirà ben più di una macchinetta del caffè di cattivo umore per liberarvi di me! Sono tosta, io!» mi diedi una pacca sulla clavicola per dimostrare quanto fossi robusta.

Anche se mi piaceva sempre chiacchierare con Diane, ero tornata per un unico motivo: il gatto. Dovevo trovare un modo per chiedere sue notizie senza sollevare sospetti.

«Tutto bene alla lettura? » azzardai, sperando che abboccasse.

Diane abbassò il tono a un sussurro avvicinandosi a me: «Sì, ma alcuni parenti sono scontenti della propria parte. Sai come vanno queste cose.»

«Almeno non ha lasciato tutto al gatto!» replicai con disinvoltura, già sapendo che invece era esattamente ciò che la buona vecchietta aveva fatto.

«Beh non tutto, ma parecchio. Per questo lo abbiamo portato qui. La signora Fulton ha richiesto espressamente che *tutti* i beneficiari presenziassero e, considerando che a lui spetta la parte maggiore, beh... non poteva mancare.»

Mi finsi sconvolta, cercando di mostrare la genuina sorpresa di chi riceve una notizia inaspettata: «Stai scherzando?!»

Diane scosse il capo e mi rivolse un'espressione buffa: «Che nessuno si azzardi a dire che la zietta non amava quel micio.»

«E cosa ne sarà di lui ora che lei non c'è più?»

Il signor Fulton ci vide e attraversò l'ufficio per unirsi alla conversazione: «Già di ritorno, Angie? Non vuole almeno prendersi la giornata libera?»

Accidenti! Ero a un soffio dall'ottenere la risposta che cercavo e ora dovevo trovare un modo per riportare la conversazione sul futuro del felino senza che la situazione si facesse eccessivamente imbarazzante. Il signor Fulton era un uomo intelligente, abituato a battere i migliori avvocati in tribunale; pensavo davvero di poter essere più astuta di lui?

Avrei dovuto provarci.

Deglutii e sfoderai il famoso sorriso che mi aveva fatto ottenere il posto. «Va tutto bene, grazie. Probabilmente andrò via un po' prima, ma sono passata per farvi sapere che sto bene e recuperare la mia auto.»

«Ottimo. A domani, allora. Una bella dormita le

gioverà.» Il signor Fulton mi diede una pacca sulla spalla fissando eloquentemente la porta.

Sapevo che voleva solo essere gentile, ma non potevo andarmene senza aver prima parlato con il gatto, soprattutto se c'era davvero un assassino a piede libero. Auspicabilmente in futuro il signor Fulton mi sarebbe stato grato per la mia cocciutaggine.

Rimasi ferma al mio posto, torcendomi le mani: «Ecco, mi chiedevo... Il gatto è ancora qui? Sembrava molto agitato e volevo rassicurarlo e spiegargli che ora sto bene.»

Marito e moglie si scambiarono uno sguardo preoccupato.

«Va bene, cara. Glielo... diremo» disse gentilmente Diane.

Detestavo mentire, ma situazioni disperate richiedono misure drastiche...

«Potrebbe non bastare!» li avvertii, mentendo spudoratamente. «Ho seguito un corso di Psicologia animale al Blueberry Bay Community College e sarebbe molto utile se potesse vedere con i suoi occhi che ora sto bene. Altrimenti, ehm... l'ansia sublimata potrebbe provocare gravi problemi comportamentali!»

Diane mi fissava, confusa e allarmata: «Oh no, non possiamo permetterlo!»

Il signor Fulton sogghignò: «Puoi ben dirlo, cara! Soprattutto considerando che starà da noi per un po'. E non vogliamo certo che il buon vecchio Octavius esprima la sua ansia sublimata sulle nostre tende nuove!»

Mi si presentava un'occasione d'oro ed ero senz'altro troppo avida per non coglierla.

«Sapete... Probabilmente è già piuttosto in ansia. Quasi certamente depresso, considerando la morte della proprietaria e il cambiamento di vita radicale che ne deriva...»

«Non ci avevo pensato affatto» esclamò Diane sollevando costernata un sopracciglio. «I gatti soffrono di depressione?»

L'avevo quasi convinta!

Annuendo vigorosamente mi preparai all'affondo finale: «Certamente, e dato che non possono prendere gli antidepressivi, hanno bisogno di qualcuno che sappia riconoscerne i sintomi e trattarli con metodi naturali.»

«Lei cosa suggerisce di fare?» domandò il signor Fulton. Purtroppo la sua espressione non lasciava trasparire nulla.

Feci spallucce nel tentativo di apparire disinteressata e arrivare al mio obiettivo: «Io sono una semplice assistente legale, ma ho seguito questo corso e ho sempre avuto un certo feeling con gli animali, in particolare con i gatti. Siete già sotto pressione con le questioni familiari... potrei occuparmi del micio per qualche giorno, se volete. Per non gravarvi di un ulteriore peso e aiutarlo a elaborare la depressione.»

Si scambiarono uno sguardo che non riuscii a interpretare, con quel tipo di complicità che deriva da oltre trent'anni di matrimonio.

Infine fu Diane a rispondere per entrambi: «Sarebbe di grande aiuto, ma ne sei proprio sicura?»

«Sarebbe un vero piacere.» risposi con un ampio sorriso.

Sì, un piacere. E mi auguravo che *non* fosse l'ultimo prima del mio funerale.

4

osì, con la benedizione dei Fulton, mi recai nell'ufficio del socio senior dove individuai immediatamente il gatto: era seduto proprio al centro della sedia in pelle, come il cattivo dei film di James Bond. Quasi quasi mi aspettavo che tirasse fuori un micino soffice e cominciasse ad accarezzarlo con fare minaccioso mentre parlava.

«Ce ne hai messo!» mugugnò leccandosi furiosamente la zampa. Con tutto quello che avevo fatto per riuscire a trovarlo, non si era neanche degnato di alzare gli occhi per guardarmi. Lo avevo appena conosciuto e avevo già capito che era un gran rompiscatole.

Se l'unico problema della giornata fosse stato il

fatto che comprendevo il linguaggio degli animali, probabilmente me ne sarei andata via subito. Ma qualcuno era stato ucciso, una povera vecchietta per di più.

«Sono venuta appena ho potuto» risposi a denti stretti, chiedendomi se gli sarebbe piaciuto essere trattato come trattava gli altri. «Non che tu abbia molti altri posti in cui andare.»

Lui sbuffò e borbottò qualcosa su impegni numerosi e questioni pressanti; non riuscivo a capire proprio tutto perché parlava in modo estremamente veloce.

In ogni caso me ne stavo lì, a fare conversazione con un gatto in modo comprensibile per entrambi. Se ero impazzita, se non altro ero molto coerente. Ora che l'avevo trovato e che avevo avuto conferma del fatto di riuscire a parlarci, era il momento di chiedergli di ripetermi quel suo nome assurdamente lungo. «Mi puoi dire di nuovo come ti chiami?»

Sollevò al cielo gli occhi d'ambra e si alzò sulle zampe: «Non hai prestato attenzione? Mi chiamo Octavius Maxwell Ricardo Edmund Frederick Fulton.»

Per forza che parlava così in fretta: era l'unico modo per pronunciare l'intero nome senza che l'interlocutore si addormentasse a metà. Provai a ripeterlo sperando che, se fossi riuscita a dirlo giusto, il gatto si sarebbe comportato un po' più gentilmente: «Octavius Maxwell Richard...»

«*Ricardo Edmund Frederick Fulton*» mi corresse. «Suvvia, non è così difficile.»

Saltò giù dalla sedia e mi venne incontro, gli occhi serpentini che baluginavano per l'irritazione. Ma non era mica colpa mia se aveva un nome ridicolmente lungo. Mi rifiutavo di essere maltrattata da una creaturina dieci volte più piccola di me!

«Comunque io sono Angie. Grazie per avermelo chiesto.»

Il tigrato si fermò e arricciò il naso: «Banale, direi. Niente affatto poetico.»

«Spiacente di deluderti» sibilai, domandandomi se fossi io a parlare gattese o se fosse lui a esprimersi nella lingua degli umani.

Per la prima volta da quando l'avevo conosciuto, la sua voce assunse un tono più cortese. Sospirò e disse: «Ebbene, non possiamo certo essere tutti Octavius Maxwell Ricardo Edmund Frederick Fulton I.»

«Aspetta, ne hai aggiunto un pezzo? Non era già abbastanza lungo? No, così non va! Anche se riuscissi a ricordarmelo, non ho nessuna intenzione di fare tutto l'elenco ogni volta che ti rivolgo la parola.»

«Come ti pare.» Spalancò gli occhi e sbadigliò.

Che razza di impertinente! Forse, se l'avessi rimesso un po' al suo posto, avrebbe iniziato a trattarmi come una sua pari anziché come un domestico incompetente.

«Se dobbiamo collaborare ti chiamerò... ti chiamerò... *mmm...*»

«Lieto di constatare che la tua mente è arguta quanto fa supporre il tuo nome» ridacchiò. Lo ignorai.

«Zitto, Octavius... Ottogatto... Gattotto... Gattavius! Perfetto! D'ora in poi ti chiamerò Gattavius.» Mi sentivo davvero orgogliosa per quel soprannome che gli calzava come un guanto. Nemmeno il suo pessimo atteggiamento mi avrebbe scoraggiata.

«Gatt...avius.» Sogghignò e frustò l'aria con la coda. «Non credo proprio.»

«Beh, ti chiami Octavius e sei un gatto, quindi...»

Iniziò a camminare in cerchio. «No, mi chiamo Octavius Maxwell Ric...»

«*Basta così!* Preferisci Gattotto? Perché per me va benissimo.»

Stava per rispondere, ma il rumore della porta che si apriva cigolando interruppe la conversazione. Diane fece capolino ed entrò. «Va tutto bene qui? Mi era sembrato di sentire delle voci...»

Mi passai le mani sui pantaloni, rivolgendole un

sorriso suadente nel tentativo di convincerla che non ero impazzita. «Benissimo!! Mi stavo giusto presentando e spiegando al gatto che verrà a stare da me per qualche giorno.»

Diane lanciò un'occhiata a Gattavius, che scelse proprio quel momento per lasciarsi cadere sulla schiena e iniziare a leccarsi le zone intime. «Stai... parlando con il gatto?» chiese. Ma non sembrava una domanda.

La fissai negli occhi per dimostrarle che non ero in imbarazzo, anche se in realtà lo ero moltissimo. «Naturalmente. Aiuta a creare un legame emotivo che sarà fondamentale per il breve tempo che trascorreremo insieme.»

Diane fissò me, poi il gatto, poi di nuovo me. Infine alzò le spalle: «Ok, ho preso la sua roba dall'auto. Sei sicura che non sia un problema occuparti di lui per qualche giorno?»

Si bloccò e mi rivolse un'espressione accigliata prima di confidarmi: «Temo che non sia proprio il più simpatico degli animaletti.»

«*Ma ceeerto!* Grazie per avermi portato le sue cose. Ora sarà meglio che andiamo entrambi a casa a riposare un po'. È stata una giornata lunga, non è vero?» ridacchiai nervosamente, facendomi strada verso la porta.

«Qui, micetto. Vieni!» Feci schioccare la lingua dandomi dei colpetti sulla coscia per attirarlo.

Gattavius trotterellò obbediente al mio fianco, mormorando a denti stretti: «Se osi chiamarmi di nuovo micetto, ti vomiterò nelle ciabatte mentre dormi.»

«Ci vediamo!» strillai a Diane mentre raccattavo rapidamente tutte le cose di Gattavius impilate accanto all'entrata principale.

Quando infine ci trovammo al sicuro in auto Gattavius attaccò una litania di quelle che, supposi, fossero parolacce in gattese.

«Basta così!» lo rimproverai. «Mamma gatta non ti ha insegnato le buone maniere?»

Si zittì e mi fissò con uno sguardo così pieno di biasimo da farmi sobbalzare: «E così ora insulti mia madre? Voglio informarti che ha fatto del suo meglio con sette gattini da sfamare e solo sei capezzoli.»

Feci spallucce e inserii la retromarcia: «Bene, ti ringrazio per questa splendida immagine.»

Gattavius emise un terribile ululato e mi saltò in grembo ad artigli sguainati: «Per tutte le vibrisse! La fine è giunta!» gridò. «Sono troppo giovane per morire. Troppo grazioso! E di gran lunga troppo nobile!»

«Oh, hai paura?» domandai, quasi intenerita

nonostante gli artigli conficcati nelle cosce. «Sei adorabile!»

«Non sono affatto adorabile» borbottò. «E ora ti ordino di portarmi in un luogo sicuro dove potremo discutere della tua punizione.»

Scoppiai a ridere e accesi la radio; i brani della *top forty* riempirono l'abitacolo, coprendo le sue lamentele sul mio modo di guidare cosìcché, nonostante le sceneggiate immotivate, giungemmo a casa mia in poco tempo. Ma ora si poneva un problema. Mi piaceva il mio appartamentino in affitto, ben ordinato e dotato di un ampio portico e alte querce nel giardino anteriore, ma il mio nuovo coinquilino la pensava diversamente...

«Dove diavolo mi hai portato?» chiese, restio a scendere dall'auto a prescindere da quanto lo pregassi di farlo.

«Questa è casa mia. Vivo qui. E ci vivrai anche tu per qualche giorno» gli spiegai, anche se ormai la mia pazienza era ridotta all'osso.

Girò verso di me il nasino rosa da gatto viziato: «Assolutamente no, non ci penso neanche! Questo misero tugurio non è minimamente all'altezza degli standard di vita a cui sono abituato.»

Ero quasi dell'idea di riportarlo in ufficio e riconsegnarlo ai Fulton. Invece feci un profondo inchino e, con tutto il sarcasmo di cui ero capace, gli risposi: «Beh, sono molto spiacente, Vostra Altezza! Questo è tutto ciò che posso permettermi. Ma in realtà tu sei solo un comune gatto tigrato con un pessimo carattere e pretese ridicole.»

Soffiò e tentò di assestarmi una zampata. Per un pelo riuscii a togliere il braccio dalla sua portata prima che riuscisse a graffiarmi.

«Solo un comune gatto tigrato!» gridò, riversandomi addosso un'altra sequela di imprecazioni in gattese. «Come osi? Ti informo che sono in parte Maine Coon! Lo era mia nonna materna!»

Mi stavo veramente stufando! Perché farla tanto lunga per ogni minima cosa?

Mi inginocchiai per affrontarlo faccia a muso, anche se era un grosso rischio considerando il suo caratteraccio e gli artigli affilati: «Stammi bene a sentire! Vuoi che ti aiuti con la storia dell'omicidio o no? Perché, per come la vedo io, sono letteralmente l'unica persona al mondo che può farlo, ora come ora. Ma se vuoi che lo faccia, dovrai essere decisamente più cortese.»

Restammo a fissarci l'un l'altra: mi rifiutavo di abbassare lo sguardo per prima! Avevo a che fare ogni giorno con avvocati megalomani, di certo ero in grado di gestire un gatto con un brutto carattere.

Infine, Gattavius si stiracchiò, sbadigliò, saltò giù dall'auto e trotterellò fino alla porta: «Pensi di farmi entrare?» miagolò dal portico, sbattendo nervosamente la coda.

Era già qualcosa.

5

Una volta entrati Gattavius si diresse senza indugio alla mia poltrona imbottita preferita. Nonostante tutte le proteste di poco prima, in breve si sistemò e si mise comodo. Come dimostravano i miei pantaloni, perdeva una gran quantità di pelo: la mia povera poltrona color crema non aveva alcuna possibilità di uscire indenne contro il suo manto marrone e nero.

Ma era comunque mio ospite e la nonna si era impegnata molto per insegnarmi le buone maniere.

«Posso portarti qualcosa da bere?» gli chiesi dalla cucina.

Sollevò la testa facendo forti fusa di soddisfazione, un fatto che trovai sconvolgente come se gli fosse spuntata una seconda coda. «Hai dell'Evian?»

chiese educatamente, incrociando le zampe di fronte a sé.

«Ho dell'acqua di rubinetto e...» Aprii il frigo e mi accigliai per la totale assenza di qualcosa di adatto da offrirgli. «Coca Diet e succo di mela.»

Le fusa si interruppero bruscamente. Gattavius spostò e incrociò nuovamente le zampe: «Lasciamo perdere. Dovrai andare a fare spese e procurarti il necessario per il mio soggiorno. Bevo solo Evian e mangio solo Sheba gourmet. Non un tipo qualsiasi, bada bene. Dev'essere a base di pesce e nelle lattine scatolette di metallo piccole, non nei contenitori di plastica. La differenza di gusto si sente!»

Non potei fare a meno di scoppiare a ridere per la sfrontataggine della richiesta: «Nient'altro?»

«No, ma dovremo pur iniziare da qualche parte.» Mi fissò con cipiglio, rifiutandosi di considerare il lato buffo della situazione.

Poiché non stavamo facendo progressi, me ne andai in cucina e tornai in soggiorno con una lattina di Coca Diet. Mi stravaccai sul divano con un profondo sospiro. Se voleva fare il melodrammatico, l'avrei fatto anch'io.

Sentivo addosso il suo sguardo ambrato e inquisitore; si rifiutava di abbassare gli occhi e la coda riprese a frustare selvaggiamente l'aria. Era incredibile che non avesse imparato un po' di buone maniere, considerando il modo in cui aveva vissuto solo fino a due giorni prima.

Mi schiarii la gola, ma lui continuò a fissarmi, sfrontato. Stava aspettando che…? *Oh, accidenti!*

«Non è necessario che vada a fare la spesa subito!» sbottai tirandomi su e fissandolo a mia volta. «Vero?»

Fece spallucce come se non avesse dato molto peso alla cosa, anche se sapevamo entrambi che non era così. «Beh, sarebbe cortese da parte tua.»

«Questa mattina non parlavi d'altro che dell'omicidio di Ethel Fulton. Ora procurarsi una certa marca di acqua minerale è più importante che spiegarmi tutto ciò che sai e iniziare a lavorare sul caso?»

Ci pensò su un istante. «Non avrei mai pensato di dirlo, ma… portami l'acqua del rubinetto.»

«Davvero?» Mi aspettavo che cambiasse repentinamente idea o che mi dicesse che ovviamente non diceva sul serio e che ero una sciocca per non averlo capito.

«Talvolta dobbiamo fare dei sacrifici per coloro che amiamo. Lo faccio per Ethel.» Annuì solennemente, nonostante l'assoluta banalità di quell'affermazione.

«Oh, quanto la fai lunga!»

Spalancò gli occhi, per lo shock supposi. «Auspicabilmente non dovrò patire tutto questo troppo a *lungo*. Quando ti avrò detto quello che so, tutto sarà chiaro e il caso sarà chiuso in un batter d'occhio.»

«Perfetto!» commentai. Andai in cucina e lasciai aperto il rubinetto per qualche istante per accertarmi che l'acqua fosse della temperatura giusta per il mio viziato amichetto peloso. «Ora dimmi tutto ciò che sai.»

Gattavius attese che tornassi e sistemassi la scodella con l'acqua sul tavolino da caffè di fronte a lui. Ci saltò sopra e la annusò, esitante.

«Questa roba non è di porcellana né di cristallo. Nemmeno di acciaio inossidabile.» Allungò il collo di lato, trasformandosi in un buffo intreccio di arti, pelo e atteggiamento snob: «Di che si tratta? È sicuro bere da qui?»

«È una normale scodella presa al discount. Io la uso ogni giorno per mangiare.»

La spinsi verso di lui per incoraggiarlo ma il signorino fece un salto all'indietro per lo spavento: «Questo difficilmente può bastare a convincermi!» Mi squadrò dalla testa ai piedi e scrollò le piccole spalle feline prima di girarsi e tornare sulla poltrona. «In effetti non ho così sete» dichiarò sbadigliando.

Anziché rispondergli, aprii la lattina e bevvi una

lunga sorsata, ma le bollicine non servirono a calmarmi i nervi.

«Allora, vogliamo cominciare?» chiese Gattavius agitando impaziente la coda. Con tutto il tempo che aveva perso a lamentarsi, ora incolpava me di rimandare l'inizio delle indagini per quell'unico sorso di bibita.

Ma per quanto detestassi mostrarmi arrendevole, era più facile accettare la sua sfacciataggine che continuare a discutere su ogni inezia. Prima identificavamo l'assassino e lo consegnavamo alla giustizia, prima avrei potuto tornare alla vita normale, senza gatti parlanti.

Inspirai a fondo per calmarmi e chiesi: «Cosa ti fa pensare che Ethel Fulton sia stata assassinata?»

«Io non *penso* che sia stata assassinata. Io *lo so!* Ho visto tutto con i miei occhi!» Spalancò gli occhi ambrati per enfatizzare le sue parole. Forse non sarebbe stato così difficile, dopotutto.

«Oh, bene. Allora chi è stato?» mi chinai verso di lui, pronta per la grande rivelazione.

«Non lo so.»

Respira, Angie! «Ma non hai detto che hai visto tutto?»

«È così.»

«Allora come fai a non saperlo?»

«Beh, era certamente un umano» dichiarò con un sorriso soddisfatto fra le vibrisse.

«Ma davvero? È tutto quel che sai?» Il divano gemette quando mi ci buttai sopra, sollevando le braccia per scacciare l'impulso di prenderlo per il collo. «Era un uomo o una donna? Vecchio o giovane? Un estraneo o qualcuno che conosceva?»

Sbadigliò. «Davvero ti aspetti che me ne ricordi?»

«Ma dici sul serio?» Ok, stavo gridando contro un gatto.

«Cosa c'è? Non è colpa mia se voi umani siete tutti uguali.»

Calmati, respira profondamente! «Quindi hai visto un umano che la uccideva ma non sai chi sia.»

«Esatto. È quel che ho detto. Non mi stai ascoltando?»

Provai a parlargli lentamente, anche se era lui a trattarmi come un'idiota: «E sai come l'ha uccisa? Da quello che ho capito è morta per cause naturali.»

«No, la sua ora non era ancora giunta. Qualcuno ha affrettato i tempi.»

Aspettai che aggiungesse qualcosa, ma iniziò a leccarsi.

«Ehilà? Siamo nel bel mezzo di una conversazione importante! Puoi smetterla di leccarti per cinque minuti e farmi capire?»

Gattavius sbuffò piano, ma obbedì: «Quanti sacrifici! Spero che Ethel mi veda da lassù in modo che le mie buone azioni non siano vane.»

«Sono certa che sia in Paradiso e che stia pensando: 'Oh, che gatto meraviglioso avevo!' Ma ora potresti raccontarmi l'intera storia dall'inizio alla fine? *La questione dell'omicidio*» mi affrettai a specificare. Non avevo più nessuna intenzione di sentir parlare di mamma gatta e dei suoi sei capezzoli!

Annuì e si alzò a sedere. Quello che seguì fu un racconto talmente melodrammatico che gli sarebbe valso l'Oscar se qualcuno oltre a me fosse stato in grado di capirlo.

«Lascia che ti descriva la scena.» Sollevò la zampa e tracciò un arco davanti a sé: «Era solo due notti fa. Il clima era mite. La luce aveva iniziato a svanire dal cielo. Ethel aveva invitato un gruppetto di umani per consumare il cibo a tavola. Aveva cucinato tutto lei, me lo ricordo perché aveva preparato il salmone e me ne aveva dato un po' in un piattino da assaggiare. Posso affermare con certezza che il pesce era cotto alla perfezione, tenero ma non asciutto, e che la porzione era generosa. Ethel sapeva sempre esattamente di cosa avessi bisogno.»

«Vai al punto» dissi a denti stretti. «Parliamo dell'omicidio se non ti dispiace.»

Sogghignò ma non si oppose. «Tutti hanno mangiato a sazietà, poi se ne sono andati. Mentre si preparava per andare a letto Ethel si è portata le mani al petto e mi ha detto che non si sentiva bene, poi è andata a dormire. Non si è più svegliata.»

«Sembrerebbe un attacco di cuore. Cosa ti fa pensare che sia stata assassinata?» Allungai la mano per accarezzargli la testolina, ma mi allontanò con una zampata.

«Il suo cuore era forte» insistette. «Me lo diceva sempre dopo essere stata dal medico.» Assunse una voce stridula e graffiante, come a imitare quella della sua compagna umana: « *Il dottore ha detto che ho un cuore di ferro e che potrei vivere per sempre.*' Era stata dal medico proprio quella settimana: le aveva ribadito che era in perfetta forma.»

Non sapevo come fare a dirglielo con delicatezza, quindi buttai lì: «Ok, ma era anziana. A volte il fisico non ce la fa.»

Scosse il capo, cocciuto, e quando tornò a guardarmi aveva gli occhi fuori dalle orbite: «È possibile, ma non è questo il caso: Ethel aveva un odore strano dopo cena.»

Arricciai il labbro mentre ci riflettevo. Sapevo che Gattavius amava molto la sua ex proprietaria, ma più ne parlava più mi sembrava che fosse morta per cause naturali e non per la bizzarra macchinazione di un assassino. Solo che non sapevo come dirglielo.

Dopo un attimo di esitazione aggiunsi: «Ho sentito dire che i gatti a volte percepiscono quando le persone stanno per morire. Eravate molto legati, forse l'hai avvertito...»

Riprese a scuotere il capo. «No, è stata sicuramente assassinata! La cena e il tè avevano lo stesso odore strano!»

«Mi stai dicendo che è stata avvelenata? Ma non ha senso! Ricordi, mi hai raccontato dettagliatamente di aver mangiato anche tu il pesce e che era perfettamente normale.»

«Mi ha dato da mangiare prima dell'arrivo degli ospiti. Credo che qualcuno abbia avvelenato il cibo quando sono uscito dalla cucina per andare a schiacciare un pisolino.»

Sollevai un sopracciglio: «E allora perché gli altri ospiti non sono morti?»

«Volevano uccidere proprio lei, suppongo.» Spostò lo sguardo sulla sedia davanti a sé nella prima vera dimostrazione di cordoglio: «Non capisco. Era l'umana più dolce e gentile del mondo. Chi mai avrebbe voluto ucciderla?»

«Speravo che me lo dicessi tu.» Dovetti sforzarmi di tenere a mente che non gli piaceva essere accarezzato, per lo meno non da me. Afferrai la lattina con entrambe le mani e bevvi un altro sorso prima di continuare: «Era molto ricca. Pensi che qualcuno volesse mettere le mani sull'eredità?»

Sollevò la testa e mi fissò negli occhi: «Quindi pensi che sia stato qualcuno della famiglia?»

Feci spallucce. «Non sono nemmeno del tutto convinta che sia stata assassinata.»

«Allora immagino che dovrò dimostrartelo.» Si alzò e saltò giù dalla sedia in un batter d'occhio.

«Dimostrarmelo? Come?»

«Andiamo a casa mia e diamo un'occhiata in giro. Ti assicuro che troverai le prove che ci servono» dichiarò. Poi scosse la coda e aggiunse: «Dato che, a quanto pare, la mia parola non basta.»

6

Mi sembrò quasi un miracolo che Gattavius ricordasse l'indirizzo di casa sua, che si trovava vicino alla baia, ovvero dove vivevano tutti i ricchi di Glendale, dalla parte opposta della città rispetto a dove abitavo io.

Una stradina privata serpeggiava per circa un chilometro fra gli alberi per terminare davanti a una splendida e colossale magione coloniale dalle enormi vetrate affacciate sul mare.

Mi cadde la mandibola davanti a tanta maestosità. «Tu... vivevi qui?»

«Prima la sicurezza, poi le chiacchiere!» sibilò Gattavius affondandomi ancor di più gli artigli nelle cosce mentre percorrevo l'ultimo tratto del vialetto e mi fermavo davanti alla magione, che sembrava più un palazzo reale che una casa.

Anziché parcheggiare di fronte, scelsi di lasciare l'auto su un lato della villa in modo da non far notare troppo la mia presenza. Non appena aprii la portiera Gattavius balzò a terra e si avviò baldanzoso verso il portico.

«Aspetta!» strillai, prendendomi un momento per ispezionare il luogo. «Hai davvero intenzione di entrare?»

«Certamente! È casa mia.»

«Ok, ma non è chiusa a chiave?» Nonostante tutte le mie lauree e i miei studi, non padroneggiavo l'arte dello scassinamento. Forse avrei potuto metterla in elenco per il futuro, ma per ora non ci sarebbe stata d'aiuto.

«*Puah!* Solo per voi umani. Sta a vedere.» Gattavius salì di corsa i gradini del portico e si fermò davanti a una gattaiola quasi perfettamente mimetizzata nella facciata di pietra della villa. Un attimo dopo la porticina scorrevole si aprì e lui entrò, lasciandomi pochi dubbi sul fatto che quella gattaiola costasse ben più del mio affitto annuale.

Raggiunsi la gattaiola e mi inginocchiai; la porticina in pietra mi si chiuse in faccia ma si riaprì pochi secondi dopo e Gattavius uscì con un sorriso soddisfatto sul muso: «È bello essere a casa!»

«Beh, non ti ci abituare. Siamo qui solo in cerca di indizi.»

«Allora cosa stai aspettando? Entra!» Scivolò nuovamente nel suo ingresso privato; questa volta ero abbastanza vicina da notare una lucina lampeggiare sul suo collare prima che la porticina si aprisse. Molto chic!

Il tigrato si voltò e mi lanciò un'occhiata: «Tu non vieni?»

«C'è un piccolissimo problema.» Allungai una mano verso di lui. «Non ci passo.»

Scosse lentamente la testa e si portò una zampa alla fronte per l'esasperazione. «Allora prendi la chiave sotto il sasso lucente. Sbrigati per favore!»

Mi rialzai in piedi mugugnando e iniziai a cercare sotto il portico e nelle aiuole vicine. Anche se conoscevo Gattavius da un solo giorno, sapevo che era meglio evitare di chiedere aiuto o chiarimenti. In tutta onestà, non si è provato niente nella vita finché non si viene trattati con condiscendenza da un gatto, ma è un'esperienza che vi sconsiglio, se avete modo di evitarla.

Io però non avevo altra scelta, almeno finché non avessi risolto il caso o dimostrato che non c'era nessun caso da risolvere, due esiti che mi sembravano ugualmente probabili.

Gattavius mi raggiunse e mi diede dei colpetti sulla caviglia con la zampa senza sforzarsi di ritrarre gli artigli: «Stai cercando nel posto sbagliato» mi informò con espressione annoiata.

Lo fissai, poi diedi un'occhiata alla gamba in cerca di puntini sanguinanti.

Il mio amico peloso girò in cerchio, poi saltò giù dal portico e indicò con la zampa l'angolo in cui la villa toccava gli scalini. Proprio lì si trovava la prima di una serie di lucine per il vialetto, tutte spente nonostante il sole stesse ormai calando.

Scesi anch'io i gradini ed estrassi la lucina dal terreno: una piccola chiave d'argento era sepolta proprio lì sotto. «Bel nascondiglio!» commentai mentre recuperavo la chiave.

«Ethel era tanto intelligente quanto gentile» disse Gattavius con un tono reverente, anomalo per lui. «Era davvero l'umana migliore del mondo! È un vero peccato che tu non abbia avuto la possibilità di conoscerla.»

Stavo per dirgli quanto lo trovassi dolce quando aggiunse: «Avresti potuto imparare moltissimo da lei.»

«Ok» risposi scontrosa, voltandomi verso il portico. «Vediamo di andare avanti con l'indagine.»

La chiave scivolò senza sforzo nella toppa e un istante dopo mi trovavo nel regale ingresso della villa senza sapere minimamente da dove cominciare. Mi sfuggì un fischio: «Questo posto è enorme!»

Gattavius sospirò: «Sì. Non è perfetto?»

Restammo in rispettoso silenzio mentre osservavo il costoso arredamento: perfino i lampadari sembravano presi direttamente da un castello del diciassettesimo secolo. Già mi sentivo in colpa per essere entrata senza permesso in casa di un defunto; starsene lì a curiosare tra i suoi beni principeschi non faceva che peggiorare il mio malessere.

Il tigrato si diresse deciso verso destra: lo seguii e poco dopo ci ritrovammo in cucina.

Non potei fare a meno di notare e apprezzare gli splendidi mobili in rovere bianco. Tutto in quella stanza era spettacolare: l'immensa isola al centro della stanza aveva le dimensioni di un letto matrimoniale, mentre il frigo in acciaio inossidabile doveva essere grande almeno il doppio di quello del mio minuscolo appartamento.

«Oh, bella pensata!» mormorai, senza riuscire a staccare gli occhi da quella che era appena diventata la cucina dei miei sogni. «La cena è stata preparata qui, quindi dovremmo cercare prove che dimostrino la teoria dell'avvelenamento.»

Riportai l'attenzione su Gattavius: non gli importava che perdessi tempo se lo facevo per ammirare la sua dimora. In effetti sembrava piuttosto compiaciuto: «Ah-ah! Qui c'è l'Evian!»

Fissava la dispensa, dove, ovviamente, c'erano decine di bottiglie della sua acqua preferita ben ordinate sullo scaffale più in basso. «Davvero vuoi prima bere?»

«Sì. E sbrigati. Sto morendo di sete!» Si accucciò a terra in attesa.

Sollevai gli occhi al cielo, ma lo accontentai. Dopo avergli versato la quantità di acqua specificata nell'apposito piattino tornai alla dispensa e presi una decina di bottiglie e una ventina di scatolette di Sheba gourmet. Se non altro, non avrei dovuto spendere un occhio della testa per fargli la spesa.

Gattavius bevve con soddisfazione poi si leccò il muso, appagato: «Questa sì che è vita! Grazie.»

Resistetti al desiderio di battere il piede per l'impazienza, l'equivalente umano degli scatti della coda. «Ora che ti sei rinfrescato e reidratato, forse potresti mostrarmi ciò che sai e aiutarmi a capire cos'hai visto la sera dell'omicidio.»

«Va bene.» Attraversò la cucina a grandi passi lenti, poi saltò sul top.

Lo seguii fino al lavandino, pieno fino all'orlo di piatti sporchi.

«È disgustoso, ma lo faccio per Ethel» mi informò. Poi chiuse gli occhi e affondò il naso fra i piatti.

Ci rovistò in mezzo per un po', infine dichiarò: «È questo!»

Mi sporsi a guardare ma non riuscivo a capire a quale piatto si riferisse: «Quale? Non capisco.»

«Te lo sto indicando con il naso». La sua voce mi arrivò attutita. «Ti prego di sbrigarti, non è il più gradevole degli odori!»

Uno dopo l'altro, tirai fuori i piatti sporchi dal lavandino: c'erano resti di pelle di salmone, chicchi di riso e grumi di burro, ma avevo affrontato ben di peggio in vita mia che qualche piatto rimasto lì per un paio di giorni. La cosa mi disturbava meno di quanto disturbasse lui.

«Eccolo! È quello!» gridò riemergendo dal lavandino e iniziando subito a leccarsi la zampa. «Annusalo!»

Feci come mi aveva detto, ma non sentivo altro che un lieve odore di pesce avariato.

Gattavius si strofinò la zampa sulla testa, poi ricominciò a leccarla. «Ora annusane un altro e capirai che cosa intendo.»

Obbedii, accertandomi di annusare a fondo ciascun piatto, ma non percepivo nessuna differenza. «Cosa dovrei sentire oltre all'odore di pesce?»

«Ricordi che ti ho parlato di quell'odore strano?» Attese che annuissi, poi mi rivelò: «Solo il piatto di Ethel ce l'ha!»

«Questo era il suo piatto?» chiesi, porgendogli quello che avevo preso per primo per farglielo annusare ancora.

Il suo muso si contorse per il disgusto: «Ne sono certo!»

«Non so cosa farci. Io non sento nessuna differenza e non saprei neanche come fare per passare il caso alla scientifica.»

«Digli ciò che ti ho detto io!»

«Sì, come no! Gli dico che me l'ha detto il gatto! Ci crederanno di sicuro.»

«Obiezione accolta.» Smise di leccarsi e si guardò intorno. «Non c'è niente fuori posto a parte i resti della cena. Prova ad aprire il cestino dell'immondizia. Vediamo se c'è una boccetta di veleno.»

Feci ciò che mi aveva detto, premendo sul pedale per sollevare il coperchio in modo da poter dare un'occhiata all'interno.

«Non c'è niente» gli dissi scuotendo il capo. «Dopotutto non sembra che sia stata assassinata.»

«Oppure il colpevole è stato abbastanza furbo da portarsi via le prove. E abbiamo il piatto nel lavandino che dimostra tutto! Non è colpa mia se lo scarso olfatto degli umani non è in grado di fiutare l'evidenza!»

Detestavo ammetterlo, ma aveva ragione: «Va bene. Dove possiamo cercare altri indizi?»

Scosse il capo, sprezzante, e sferzò l'aria con la coda: «Prima dimmi che mi credi.»

«Cosa? Che importanza ha?» Lo fissai con lo sguardo più autoritario che riuscii a sfoderare. Per quanto ne sapevo, i gatti non avevano capibranco come i cani, ma dovevo pur fare qualcosa per farmi valere.

Ringhiò facendomi perdere la concentrazione: «Se dobbiamo lavorare insieme, ho bisogno di sapere che credi in quello che facciamo. Devo sapere che farai tutto il necessario per ottenere giustizia per Ethel.»

Alzai gli occhi e mormorai: «Va bene, ti credo.»

«La prossima volta sforzati di essere un po' più convincente.» Sogghignò, poi salto giù dal top scuotendo il sederino gattoso mentre si allontanava a grandi passi. «Devo avere pazienza con te, considerando che sei la mia unica speranza. Vieni, ti mostro la camera da letto.»

Mentre lo seguivo nell'ingresso e poi lungo l'imponente scalinata, mi chiesi se credevo davvero che Ethel fosse stata assassinata. Non avevo visto o fiutato nulla che potesse costituire un indizio, ma conoscevo Gattavius ormai abbastanza da sapere che non avrebbe perso il suo prezioso tempo se non fosse stato certo di ciò che diceva.

Anche se la situazione non era affatto chiara, lui era convinto che Ethel fosse stata uccisa e, anche se era una follia, io gli credevo.

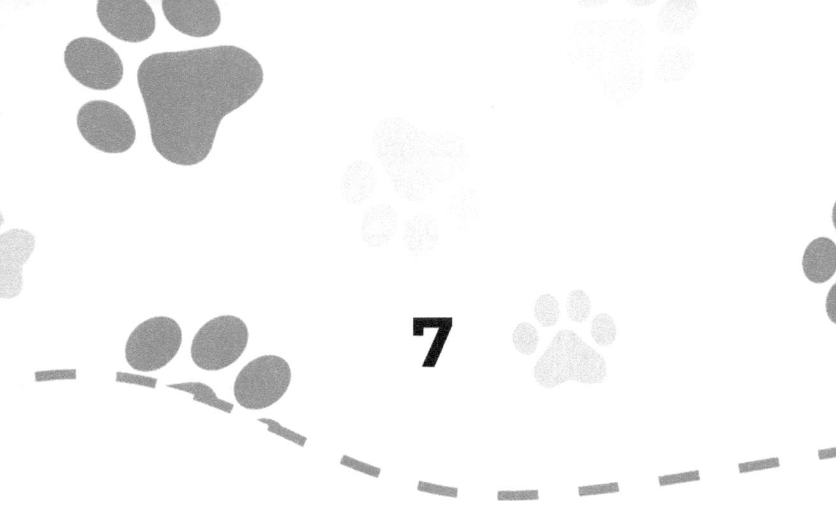

7

Mi sentivo a disagio a trovarmi in una stanza in cui qualcuno era morto meno di quarantott'ore prima. L'aria della camera da letto di Ethel Fulton sembrava carente di ossigeno, come se lei avesse cercato di risucchiarlo tutto con il suo ultimo respiro. A quel pensiero rabbrividii e mi cinsi il torso con le braccia.

Gattavius saltò sul letto e toccò il piumone con la zampa: «È qui che è morta. Io dormivo su questo cuscino, lei sul lato più vicino alla toilette. Di solito si alzava un paio di volte durante la notte per fare i suoi bisogni. A proposito, voi umani siete disgustosi! Ma amavo Ethel, perciò tolleravo i suoi difetti.»

«Vieni al punto» sospirai.

Sollevò il labbro ma non soffiò: «Quella notte non

si è alzata. È stato il primo segnale che qualcosa non andava per il verso giusto.»

Mi aggiravo impacciata accanto al letto: non volevo sedermici, né toccarlo. «Credevo che il primo segnale fosse stato l'odore strano.»

Gattavius annusava il letto come in cerca di qualcosa. «Quello è stato il momento in cui ho avuto i primi sospetti, ma quando ho notato che non si era alzata ne ho avuto la certezza.»

Gli concessi qualche istante per finire di ispezionare il letto. Quando si accomodò sul cuscino gli dissi: «Ok, è morta in questa stanza, ma non credo che troveremo niente di collegato all'omicidio qui. Di sotto ci sono sei piatti. Uno era di Ethel. Ti ricordi chi erano i cinque ospiti?»

«Potrei riuscire a identificarli se li vedessi o, ancor meglio, se li fiutassi!»

Lo immaginavo: l'olfatto super sviluppato di Gattavius non mi era di nessuna utilità. L'unica persona che avrei saputo riconoscere dall'odore era la mia collega Bethany, ma solo per via della sua ossessione per gli oli essenziali. A quel pensiero, però, mi venne un'idea: «Qualcuno di loro era presente alla lettura del testamento?»

Gattavius sbadigliò e si stirò le zampe in una specie di posizione yoga: «Sì, c'erano tutti» rispose.

Tutt'a un tratto risolvere il caso sembrava non solo possibile, ma probabile. Cercando di non spaventarlo con manifestazioni di entusiasmo improvvise, domandai: «E non sai chi di loro ha ucciso Ethel?»

«No, nessuno di loro aveva quello strano odore quando li ho visti lì» commentò accigliato.

«E non ti ricordi i loro nomi?»

Gattavius scosse il capo.

Dimenticandomi della sensazione di disagio provata fino a poco prima, sospirai e mi lasciai cadere sul materasso accanto a lui, sentendo scemare l'entusiasmo. «Considerando che c'erano almeno una ventina di persone, lo immaginavo.»

Sospirò anche lui: «Già.»

Rabbrividii rendendomi conto che ero seduta proprio nel punto in cui l'anziana signora Fulton era morta meno di due giorni prima. «Forse se cercassimo di...»

«*Silenzio!*» intimò Gattavius balzando in piedi. Le sue orecchie si mossero come minuscole antenne paraboliche in cerca del punto in cui la ricezione è migliore. «Qualcuno è appena entrato!»

Lo stomaco mi si contrasse per l'ansia: «*Cosa?*»

Lui restò in ascolto ancora per un po': «Sì, c'è qualcuno.»

Considerando la fortuna che avevo, era di sicuro il killer, tornato per eliminare qualsiasi possibile prova dalla scena del crimine. Prove che, tra parentesi, io ero troppo stupida per trovare e che ora sarebbero andate perdute per sempre. Così non sarebbe stata fatta giustizia per la povera Ethel Fulton, per non parlare del fatto che, se ci avesse trovati, il killer avrebbe potuto colpire ancora, dato che gli stavo proprio lì tra i piedi.

«Dobbiamo andarcene subito!» dissi a fior di labbra sperando che Gattavius riuscisse a leggere il labiale. Lui saltò sul pavimento e trotterellò fuori dalla porta della camera da letto, che avevo stupidamente lasciato aperta.

Restai in ascolto per quella che mi parve un'eternità, in attesa di reazioni dell'intruso alla vista del micio. Gattavius avrebbe fiutato il pericolo? E se l'avesse fatto, sarebbe riuscito a trovare un modo per avvertirmi?

Passarono alcuni minuti senza che accadesse nulla. Con un profondo respiro percorsi il corridoio in punta di piedi e raggiunsi le scale. Dovevo solo scenderle e uscire, poi non avrei mai più messo piede in quella casa!

Riuscii a scendere silenziosamente, ma a discapito della velocità: ero circa a metà delle scale quando una figura fece la sua comparsa nell'ingresso e si fermò vedendomi.

Di tutte le cose che avrei potuto fare, scelsi la peggiore: restare immobile.

«Chi è là?» domandò la figura. La voce era chiaramente femminile e ciò alleviò un po' la mia paura: avrei faticato a difendermi contro un uomo adulto, ma con il mio metro e settanta e una buona corporatura avrei potuto atterrare facilmente una donna... a patto che non fosse armata.

«Io... io...» Come potevo spiegare la mia presenza in casa? La verità – un gatto parlante e un possibile omicidio – sarebbe stata peggio di qualsiasi bugia ma ero troppo spaventata perché mi venisse in mente una buona scusa.

Per fortuna Gattavius scelse proprio quel momento per entrare dalla gattaiola elettronica e salire di corsa le scale per raggiungermi. «Dille che sei venuta a prendere il cibo, la cuccia e altra roba per me» mi ordinò.

Era un'ottima idea e in parte era anche vero.

«Mi occupo del gatto per un po' e sono venuta a prendere la sua roba. E... lei è?» domandai ergendomi in tutta la mia altezza, come se avessi tutto il diritto di trovarmi lì.

La donna fece un passo indietro e premette un

interruttore che fece accendere il lampadario, illuminando il volto di entrambe. «Ovviamente non sei un'amica di famiglia o non avresti bisogno di chiederlo. Quindi perché non inizi a dirmi chi sei *tu*?»

«Sta bluffando» bisbigliò Gattavius al mio fianco. «È spaventata quanto te. Puzza da morire di ormoni dello stress.»

«Lavoro per il signor Fulton.» Scesi alcuni gradini senza smettere di fissarla. «Devo dirgli che è passata?»

«Vai così!» mi incitò Gattavius.

La donna borbottò qualcosa. Le profonde occhiaie evidenziavano che doveva aver dormito ben poco di recente e il modo in cui torse il labbro mi fece capire che avevo fatto centro.

«No, non ne sarebbe contento» borbottò. Lanciò un'occhiata alle sue spalle poi tornò a fissarmi. «Guarda, non ho preso niente. Stavo solo dando un'occhiata alle cose di zia Ethel per accertarmi che non mi freghino quando ci spartiremo l'eredità. Comunque me ne stavo andando, non ho fatto niente di male.» Sollevò le mani in segno di resa e attese che la raggiungessi al piano terra.

«Immagino che non sia necessario riferire al signor Fulton della sua visita ma ora sarà meglio andare» dissi, mostrando molto più coraggio di quanto ne avessi in realtà.

«Ok.» Arretrò lentamente continuando a tenere gli occhi fissi su di me, cercò a tentoni la maniglia e aprì la porta con una violenza tale da farla sbattere contro il muro. Anche se non avessi già avuto dei sospetti, era il momento buono per interrogarmi sulle sue intenzioni.

«Arrivederci» disse prima di scendere di corsa i gradini del portico.

La vidi salire su una vecchia auto e sedersi al volante borbottando fra sé. Anche se per il momento se n'era andata, sarebbe potuta tornare o sarebbe potuto arrivare qualcun altro. Dovevo andarmene, ma prima dovevo recuperare il cibo di Gattavius in cucina.

Lui mi seguì veloce come un lampo: «Sei stata grande!» disse. «Inizio a pensare che forse, dopotutto, tu sia all'altezza del compito.»

«Grazie tante» borbottai cercando di stiparmi tra le braccia il carico di bottiglie di Evian e scatolette di cibo. «Ora ti dispiacerebbe fare la guardia e avvertirmi, giusto in caso quella voglia tornare di soppiatto e accoltellarmi alla schiena?»

Gattavius saltò sul top e spalancò le pupille: «Oh, ma non è lei l'assassino!»

«Come fai a esserne sicuro?» domandai cercando di non perdere l'equilibrio sotto quel peso. «Non c'era quella sera?»

«Si che c'era, ma non è abbastanza intelligente da organizzare un omicidio, tantomeno da nascondere le prove. È la nipote di Ethel e credimi, è senza dubbio l'umana più stupida che abbia mai conosciuto. Non può essere stata lei.»

«Sembra quasi che tu ammiri l'assassino» sussurrai uscendo dalla cucina. Non sapevo se la donna se ne fosse già andata o se sarebbe tornata prima che fossi riuscita a fuggire.

Gattavius soffiò: «No, credimi, sono furioso come un umano che dimentica il cellulare. Solo che so che non è stata lei. Quindi rimangono quattro possibili colpevoli.»

La porta d'ingresso era ancora semiaperta, ma l'auto della donna non era più nel vialetto. Per fortuna, perché non ero più in vena di chiacchiere, anche se Gattavius sosteneva che non si sarebbero concluse con il mio omicidio.

«Ma non sai proprio chi erano gli altri ospiti? Prima hai detto che non ne conoscevi nessuno, ma ora hai riconosciuto la nipote di Ethel.»

Sospirò come se fosse lui quello che veniva trattato come uno sciocco: «Si chiama memoria olfattiva.

Alcuni pezzi del puzzle ne hanno bisogno per andare a posto.»

«Non ho mai sentito niente di tanto ridicolo.» Procedetti con lo sguardo fisso a terra lungo il terreno irregolare fino al lato della casa dove avevo nascosto l'auto, accanto a un boschetto di alberi d'alto fusto. «Beh, con quanti gatti hai conversato prima di conoscermi?»

Dovetti ammettere che aveva ragione. «Uno a zero per te. Ma questa gitarella non è servita a un bel niente. Cosa facciamo adesso?»

Raggiungemmo l'auto e posai a terra bottiglie e scatolette; aprii la portiera e stipai tutto sul sedile posteriore.

«Non è vero che non è servita a *niente*.» Gattavius saltò sul cofano e mi guardò dall'alto in basso come un re con un suddito: «Abbiamo lo Sheba e l'Evian!»

Scossi il capo ridacchiando sommessamente e chiusi la portiera. Mi ero trovata faccia a faccia con un potenziale assassino, non eravamo nemmeno lontanamente vicini alla soluzione del caso, *ma avevamo l'Evian.*

8

Quella notte venni svegliata prestissimo da un lamento spaccatimpani. La stanza era ancora immersa nell'oscurità, così cercai a tentoni il cellulare per usarlo come torcia.

«Dannazione, dritto negli occhi!» gridò Gattavius saltando giù dal letto per sfuggire alla luce.

Mi tirai faticosamente su a sedere, ancora intorpidita dal sonno: «Che succede?»

Si voltò a guardarmi, gli occhi che scintillavano mentre le pupille si restringevano per adattarsi alla luce: «È ora di colazione» mi informò.

Una rapida occhiata al cellulare mi confermò che erano appena le cinque del mattino, ovvero più di due ore prima della sveglia nei giorni di lavoro.

«Neanche per idea! Non pensarci nemmeno!» mugugnai tirandomi le coperte fin sopra la testa. «Vattene!»

Il terribile urlo della *Banshee* risuonò di nuovo, dandomi i brividi e arrivandomi dritto ai centri nervosi.

«Smettila!» sbuffai.

Gattavius soffiò ma mantenne la parlata lenta e un volume normale: «Ti ho detto che è ora di colazione» ripeté. «Se riuscissi ad aprirmi la scatoletta dello Sheba da solo lo farei, ma non ci riesco. Quindi alzati e metti all'opera i pollici opponibili come Dio comanda, madamigella!»

«È ufficiale, ti detesto!» gemetti trascinandomi giù dal letto. L'aveva avuta vinta, ma ciò non significava che non potessi prendermela comoda.

Corse verso la cucina, continuando a girare in tondo in attesa che lo raggiungessi: «La cosa è reciproca. Almeno finché non avrò fatto colazione.»

«E finché io non avrò preso il caffè» ribattei, rabbrividendo al pensiero dell'incidente con la macchina da caffè avvenuto solo il giorno prima. Forse era il momento di passare al tè.

In cucina sistemai su un piattino il pâté di salmone preferito del mio viziato amico peloso e lo posai a terra: «*Bon appetit*» borbottai trascinandomi verso la camera da letto.

Ma non ebbi nemmeno il tempo di sdraiarmi che Gattavius mi diede una zampata sul piede e ringhiò: «Non puoi tornare a letto! È mattina e ho bisogno della colazione!»

«Te l'ho preparata. Vai a mangiare e lasciami in pace.» Mi lasciai cadere sul letto e mi girai sul fianco per non vedere il suo musetto dall'espressione esigente.

«È così difficile da capire?» sospirò, le vibrisse frementi. «Non riesco a mangiare se non rimani accanto a me a guardarmi. Preferibilmente dicendomi che sono un gatto bravissimo...»

«Ma non lo sei» mugugnai. Al momento lo consideravo il gatto più terribile del mondo. In fin dei conti nessun altro gatto mi aveva mai strappata al sonno nel cuore della notte...

«Ethel mi accarezzava e mi parlava mentre mangiavo. Io non...» Non riuscì a finire la frase. Nonostante tutto, mi voltai e mi ritrovai a fissare quegli occhioni imploranti.

«E va bene» farfugliai. «Ma domani decido io l'ora della sveglia!»

Gattavius non disse nulla mentre tornava in cucina, la coda ritta e i fianchi ondeggianti.

«Oh grande e potente Gattavius, sei proprio un bravo micetto» dissi alzando gli occhi al cielo mentre assaggiava il primo boccone di quella roba puzzolente.

«Ehi, ti ho già detto di non chiamarmi micetto!» borbottò tra un boccone e l'altro. «Ma devo ammettere che quell'altro nome non mi dispiace.»

«Cosa? *Gattavius?*» lo fissai sospettosa. Ero sorpresa, considerando la cocciutaggine con cui aveva insistito perché lo chiamassi con quell'assurdo nome lunghissimo.

«Sì, quello» confermò schioccando le labbra mentre continuava a divorare il paté.

«Ti si adatta.»

«E mi fa anche sembrare un tipo alla moda.»

«Oh sì, sei un gatto molto trendy.» Era decisamente ora di insegnargli qualche termine un po' più moderno: in fin dei conti aveva sempre vissuto con una signora anziana e parlava anche lui come un ottantenne.

Quando finì di mangiare gli versai dell'Evian in una tazza e gliela misi davanti; la leccò soddisfatto, poi prese a dedicarsi alla prima delle numerose operazioni quotidiane di toeletta.

«Visto che ormai sono sveglia sarà meglio che mi prepari» lo informai, ringraziando la mia buona stella quando vidi che non mi seguiva in bagno. Avrei potuto fare la doccia senza altre sceneggiate.

L'acqua calda mi scorreva addosso, riportandomi lentamente alla realtà e quando finii ero di umore indiscutibilmente migliore.

«Lieto di constatare che finalmente ti sei svegliata» disse Gattavius con un cenno del capo. «A che ora dobbiamo essere in ufficio?»

«Dobbiamo? Non se ne parla! Non potrei giustificare in alcun modo la tua presenza.»

«Ma ieri ci sono andato» ribatté in tono infantile.

«Per la lettura del testamento.»

«Allora leggiamolo di nuovo! Se venissi potrei scovare l'assassino.»

Incrociai le braccia sul petto e lo fissai senza distogliere lo sguardo: «Tu *non* vieni!»

Corse alla porta dichiarando con voce cantilenante: «Peccato che tu non possa fermarmi.»

Che razza di moccioso! Voleva essere sempre al centro dell'attenzione; era piuttosto estroverso per essere un gatto. Se volevo farlo restare a casa dovevo trovare qualcosa di importante da fargli fare, o almeno farglielo credere.

Com'è quel detto sulla curiosità dei gatti? Contavo sul fatto che fosse proprio così.

«Vado al lavoro solo perché non ho altra scelta» lo

informai. «Ma tu sì, e sarebbe molto più utile se rimanessi qui a fare qualche ricerca per il nostro caso.»

La coda frustò l'aria, ma sembrava intrigato all'idea. Uno a zero per il vecchio detto! «Davvero? Che cosa intendi?»

Se ci avessi pensato su troppo a lungo mi avrebbe scoperta, così buttai lì la prima cosa che mi venne in mente: «Ricerche su internet!»

«Non so scrivere» disse scuotendo il capo. «Né leggere, se è per questo.»

«Non sai leggere?» Non so perché ne fossi sorpresa. La maggior parte dei gatti non sapeva nemmeno parlare, ma avevo dato per scontato che lui sapesse fare qualsiasi cosa.

Si allontanò dalla porta e mi raggiunse in soggiorno: «Prima di conoscerti non avevo idea che gli esseri umani utilizzassero un sistema di comunicazione così complesso» spiegò. «Ogni suono ha un significato diverso! Ho sempre pensato che si trattasse semplicemente di un modo per esprimere le emozioni, ma in realtà i vostri suoni corrispondono a oggetti e concetti. È affascinante!»

«Lo stesso vale per voi gatti.» Ero sorpresa dal fatto che Gattavius pensasse agli esseri umani come a una specie animale qualsiasi: nella sua visione del mondo i gatti erano la specie più intelligente del pianeta, cosa che a me sembrava ridicola. Anche gli umani si illudevano allo stesso modo sulla loro presunta superiorità nel regno animale? Era una questione su cui riflettere.

C'era anche un'altra domanda che mi frullava per la testa e mi affrettai a porgliela: «Quindi tu non mi parli in inglese?»

Aggrottò i baffi, confuso: «Inglese? Di che si tratta? È così che si chiama l'umanese? Non parlo umanese, sei tu che parli gattese!»

«Non parlo gattese.» Ero piuttosto sicura di non esprimermi con miagolii, fusa e ringhi.

«Ciò nonostante ci capiamo.» Gattavius sembrava annoiato dalla disquisizione, mentre io trovavo affascinante la complessità e il mistero del nostro modo di comunicare. Che la curiosità uccida anche l'uomo, e non solo il gatto?

Restammo seduti a pensare in un silenzio complice.

Infine dissi: «Immagino sia un altro mistero di cui dovremo venire a capo, una volta risolta la questione dell'omicidio.»

«Non è affatto un mistero.» dichiarò, gli occhi lucenti e saggi. «È magia!»

«Magia?» risi. «Credi nella magia?»

«Tu no?» Ne sembrava sinceramente sorpreso.

Quante cose ignoriamo noi umani sul resto del mondo? Iniziavo a pensare che fossero moltissime. Ma avrei potuto ragionarci sopra più tardi: ora dovevo distrarlo per poter uscire e andare in ufficio senza di lui.

«Bene, ecco che cosa puoi fare» gli dissi chinandomi a prendere il telecomando dal tavolino da caffè. «Ti lascio la TV accesa così potrai imparare a leggere l'umanese.»

«Perché?»

«Così potrai aiutarmi con le ricerche, mi sembra ovvio.»

«E tu imparerai il gattese?» ribatté.

«Certamente! Potrai darmi le prime lezioni quando tornerò dal lavoro.» Avevo accettato più che altro per non dover discutere di nuovo con lui, ma dovevo ammetterlo: l'idea di imparare una lingua sconosciuta all'umanità era emozionante!

La TV prese vita quando premetti il tasto di accensione e subito i nostri occhi si fissarono sullo schermo. Dopo un po' di zapping, scelsi un canale per bambini dove una ragazzina mulatta e la sua scimmietta si rivolgevano direttamente agli spettatori. Premendo alcuni tasti attivai i sottotitoli.

Gattavius iniziò subito a rispondere allo schermo, già appassionato del programma. Rimasi a osservarlo per un po', poi riuscii finalmente a scivolare fuori dalla porta senza che mi notasse, proprio come avevo sperato.

Sarei arrivata in ufficio terribilmente presto ma forse sarebbe stato utile: lentamente un'idea stava prendendo forma nella mia mente.

Sì, sarebbe stata una giornata produttiva per risolvere l'omicidio di Ethel Fulton. Se tutto fosse andato secondo i piani, avrei scoperto il colpevole prima di sera.

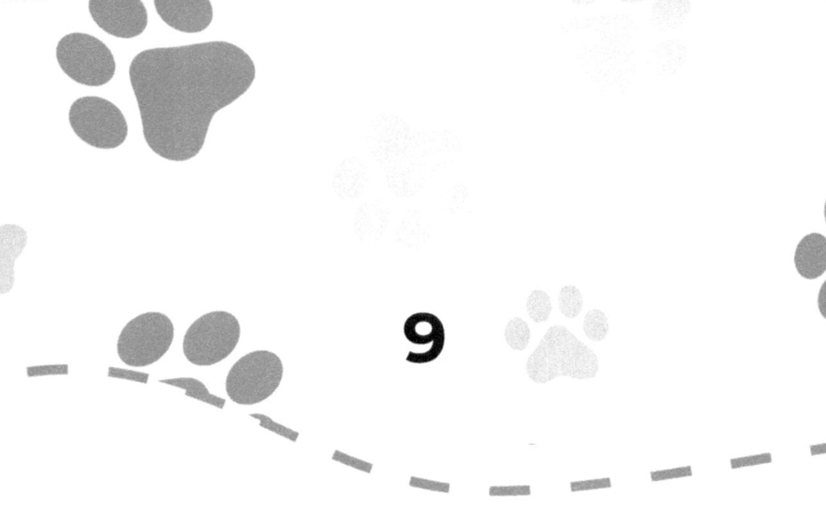

<h1 style="text-align:center">9</h1>

Feci una tappa in caffetteria e ordinai cappuccini per tutti i soci e gli associati. Era troppo per le mie finanze, ma mi serviva una scusa per parlare con tutti e scoprire il più possibile sulla lettura del testamento e su cosa avesse causato la morte di Ethel Fulton.

Fortunatamente, anche se voleva che diventassi un'adulta indipendente, la nonna mi avrebbe dato una mano se non avessi avuto i soldi per pagare l'affitto. Di solito usavo i risparmi per libri, corsi o webinar online ma supponevo che Gattavius e l'omicidio mi avrebbero tenuta impegnata per un po', senza lasciarmi molto tempo per la lettura o lo studio.

Avevo letto thriller a sufficienza per sapere che identificare un killer è un'impresa impegnativa. Di certo nella vita reale molti casi venivano chiusi in un lampo, ma dubitavo che sarebbe andata così per quello di Ethel.

Innanzitutto, le prove di cui disponevo si basavano sulla parola... *di un gatto!*

Anche se gli credevo, non sarebbero state di nessuna utilità. Gattavius mi aveva fornito elementi sufficienti a legittimare i suoi sospetti, ma non abbastanza da sapere con precisione come muovermi, quindi avrei dovuto raccogliere informazioni dai colleghi mantenendomi sul vago e facendo sembrare casuali le mie domande. I cappuccini sarebbero stati un buon modo per rompere il ghiaccio ma avrei dovuto fare affidamento sulla mia presenza di spirito per carpire informazioni utili.

Oh cielo, avrei avuto un bel da fare!

Il risveglio brutale del mattino mi fece arrivare in ufficio con un'ora d'anticipo. C'erano solo due auto nel parcheggio: quella del signor Fulton e quella di Bethany, con buona pace di tutti quei cappuccini. Speravo almeno di riuscire a scaldarli nel microonde più tardi senza farmi notare.

Cercando di nascondere la delusione, feci il mio ingresso in ufficio con il vassoio gigante fra le mani e un ampio sorriso.

«Buongiorno!» trillai superando la reception dove solitamente accoglievo i visitatori.

Mi rispose solo il silenzio.

«C'è nessuno?» chiesi. Qualcuno doveva pur esserci, considerando che avevo visto le auto. Accesi le luci mentre percorrevo il corridoio verso l'ufficio del capo.

«Signor Fulton?»

La porta si aprì di scatto facendomi sobbalzare. Per miracolo riuscii a non rovesciarmi addosso i cappuccini bollenti o mi sarei ritrovata al pronto soccorso per infortunio sul lavoro per il secondo giorno di fila.

Ritrovato l'equilibrio, lanciai un'occhiata al mio capo. Il poveretto era così trasandato da essere quasi irriconoscibile: la camicia, di solito perfettamente stirata, era stropicciata e la cravatta pendeva sbilenca; teneva lo sguardo fisso a terra e gli ci volle qualche istante per capire chi fossi.

«Buongiorno, signor Fulton. Va... tutto bene?» chiesi con tatto.

Mi lanciò un'occhiata e si sforzò di sorridere: «Oh, sì. Benissimo. Quello è per me?»

Gli porsi un cappuccino; lui lo prese e si ritirò nell'ufficio sbattendo la porta senza neanche un grazie, un buongiorno o un *sono lieto che la macchinetta del caffè non ti abbia stecchita.*

Davvero molto strano.

Scrollai le spalle e mi diressi verso l'ufficio di Bethany; avrei giurato di aver visto la sua auto, ma la stanza era immersa nel buio e nel silenzio. Forse ero impazzita sul serio o forse erano tutti gli altri a essere impazziti.

In ogni caso avevo la sensazione di essere osservata. L'assassino sapeva che ero sulle sue tracce? O c'erano altri pericoli di cui non sapevo ancora nulla?

Pericolo, *bah.* Che sciocchezze! Era il solito vecchio, noioso ufficio, solo che non l'avevo mai visto la mattina così presto. Il signor Fulton era in lutto per la zia e aveva il testamento e mille altre cose da gestire, quindi era normale che fosse giù di corda.

E per quanto riguardava Bethany, lei usciva spesso a prendere una boccata d'aria fresca, il che non era affatto strano considerata la nube tossica di oli essenziali che permeava costantemente il suo ufficio. Probabilmente era in cortile, un'occasione perfetta per parlarle in privato prima che arrivassero tutti gli altri.

Dopo essermi convinta che andava tutto bene posai il vassoio sulla scrivania, presi due cappuccini, uno per me e uno per lei, e uscii. Feci il giro dell'edificio ma incontrai solo uno scoiattolo che mi fissò con sospetto.

Dove poteva essere finita Bethany?

Tornai nel parcheggio e diedi un'occhiata nella sua auto, ma non era nemmeno lì. Quando mi voltai, colsi come un lampo grigio che scomparve rapidamente dietro l'edificio.

«Bethany?» gridai correndo in quella direzione. Ma anche stavolta non vidi nessuno.

Infine mi arresi e tornai in ufficio, dove la trovai che mi aspettava alla reception. «Ma dove...?»

«Cosa c'è?» chiese lei tendendo il braccio verso un cappuccino per poi prenderlo e rigirarselo goffamente fra le mani. «Sono sempre stata qui» rispose facendo spallucce davanti al mio improvviso silenzio. Se era così, era più che probabile che fosse nell'ufficio del signor Fulton insieme a lui: non era nel suo e tutti gli altri erano ancora chiusi a chiave.

Ma quale poteva essere il motivo di tanta segretezza? Mi ero forse imbattuta in un altro affare losco?

No, il signor Fulton non avrebbe mai avuto una relazione, neanche in un'altra vita. E tantomeno con quella presuntuosa bacchettona di Bethany che era tutto il contrario di sua moglie. A causa di Gattavius ormai la mia immaginazione aveva perso ogni freno, tutto qui.

Era ora di smettere di fare congetture bizzarre sui miei colleghi e iniziare a raccogliere informazioni utili sull'omicidio. Forse Bethany, già un po' innervosita, si sarebbe lasciata sfuggire qualcosa.

Dovevo fare un tentativo.

«Quindi...» iniziai, posando uno dei bicchieroni e bevendo un sorso dall'altro. «Ieri la lettura è stata una follia, eh?»

Si voltò verso di me come se si fosse ricordata solo in quel momento della mia presenza e un sorriso scaltro le serpeggiò sul volto. «Letteralmente» concordò.

«Ti sei persa molto per avermi dovuta accompagnare?»

«No, non credo. Quando sono tornata erano arrivati solo alla parte che riguardava il gatto.» Si sistemò una ciocca di capelli biondi dietro l'orecchio e sorrise come per rassicurarmi.

«Ho sentito che la signora ha lasciato buona parte delle sue proprietà a Gatt... ehm... al gatto. Scommetto che erano tutti sul piede di guerra.»

Si lasciò prendere dalle chiacchiere e si rilassò, pronta a spettegolare: «Beh, tu come ti sentiresti se l'eredità ti venisse sottratta da un banale gatto domestico?»

«È in parte Maine Coon!» la corressi, chiedendomi perché sentissi la necessità di prendere le difese di un gatto che conoscevo da meno di ventiquattro ore e che non mi stava poi neanche così simpatico. Tuttavia Bethany aveva ragione; non sapevo a quanto ammontasse l'eredità di Gattavius ma, a giudicare dalla magione della signora Fulton, doveva trattarsi di un bel mucchio di soldi!

«Sia come sia» ribatté accigliata, «dopo questo scherzetto i parenti non avranno un gran bel ricordo di lei.»

«Prima erano in buoni rapporti?» domandai cercando di non far trapelare il mio interesse ora che finalmente ero arrivata al succo della questione.

Lei scrollò le spalle: «E chi lo sa?»

Quando si voltò per andarsene me ne uscii con la prima domanda che mi venne in mente: «Sai com'è morta?» Stavo praticamente gridando. «È possibile, tipo, che qualche parente ci abbia messo lo zampino per beccarsi l'eredità anzitempo?»

Bethany si bloccò. Dopo qualche secondo scoppiò a ridere: «Ma dici sul serio, Angie? Mi sa che hai visto troppe serie poliziesche. Ogni giorno muoiono centinaia di persone e ben poche per omicidio.»

Mi sforzai di ridacchiare: «Oh, hai ragione. Ieri sera mi sono attardata a leggere, poi stamattina il gatto mi ha svegliata presto. Forse sono un po' stanca.»

La cosa sembrò attirare il suo interesse: «Il gatto! L'hai preso tu, vero?»

«Sì, volevo rendermi utile in questo momento difficile e mi sembrava un buon modo per dare una mano.»

Tornò verso di me a passi lenti e mi sussurrò con un bisbiglio roco: «Dovresti rallegrarti che la storia dell'omicidio sia solo frutto della tua fantasia perché chi ha il gatto ha i soldi! Se restasse con te troppo a lungo potresti finire sulla lista dell'assassino.»

Un brivido mi percorse fin nelle ossa facendomi rizzare i peli sulla nuca. Stavo per chiederle cosa volesse insinuare quando scoppiò nuovamente a ridere: «Avresti dovuto vedere la tua faccia!» gracchiò girando sui tacchi e dirigendosi verso il suo ufficio. La sua risata risuonò a lungo e mi ritrovai sola con il vassoio di cappuccini quasi intatto.

Se non l'avessi conosciuta bene, avrei giurato che Bethany si stesse prendendo gioco di me o che stesse cercando di mettermi in guardia. Sapeva forse qualcosa che io non avevo ancora scoperto? Era coinvolta in qualche modo?

All'improvviso non mi sentivo più al sicuro.

10

Circa mezz'ora dopo gli altri associati iniziarono a fare il loro ingresso in ufficio e io avevo deciso che non sarei mai più arrivata al lavoro così presto. Il signor Thompson mi aveva mandata a prendere i caffè quando era arrivato, ma almeno mi aveva dato i soldi.

Quando tornai con un nuovo vassoio di bevande bollenti in mano, trovai Diane Fulton seduta nella piccola sala d'attesa con una rivista aperta sulle gambe accavallate.

«Oh eccoti, Angie!» disse con un sorriso tirato. «Buongiorno.»

«Buongiorno a te» risposi esitante, spostando il peso da un piede all'altro. In genere apprezzavo le sue visite, ma quel giorno la sua presenza mi rendeva nervosa, considerando lo strano comportamento di suo marito quella mattina e i miei sospetti sulla possibilità che avesse una relazione.

Sfoderai un sorriso fasullo: «Posso esserti utile?»

Le mani tremanti rivelavano le violente emozioni che cercava di celare dietro la facciata: «Sono venuta per vedere mio marito, ma sembra che non sia in ufficio. Pensavo che, se ti avessi aspettata, forse tu avresti saputo dirmi dove trovarlo.»

«Mi dispiace molto ma non lo so. Se non è nel suo ufficio, non so dove possa essere andato.» Esitai prima di chiederle: «Va tutto bene?»

Diane si sistemò una ciocca di capelli stranamente ribelli dietro l'orecchio e deglutì a fatica. Solo allora notai che anche lei aveva un aspetto trasandato: anziché una delle sue mise firmate, indossava una vecchia T-shirt con una grossa macchia sul petto, pantaloni della tuta e infradito, tutti indumenti che non avrei mai immaginato di trovare nel suo guardaroba, tantomeno di vederle indossare in pubblico.

Appoggiai il vassoio su un tavolino e mi sedetti accanto alla mia amica che ora faticava visibilmente a trattenere le lacrime.

«Lo sai che puoi sfogarti con me» le dissi con dolcezza, domandandomi se fosse il caso di abbracciarla o di offrirle un fazzoletto.

«Si tratta di Richard» mi confidò con un sospiro. «Non è rientrato stanotte e non risponde alle telefonate o ai messaggi. Non so cosa fare.»

Ripensai a quella mattina: non avevo mai visto il capo così giù di corda e avrei scommesso che nemmeno Diane lo avesse mai visto perdere la sua abituale compostezza a quel modo.

«Facciamo così: ti avviso io appena lo vedo» dissi, sperando di non dovermene pentire in seguito.

Spalancò gli occhi, lucidi di lacrime ma ora meno tristi: «Davvero lo faresti? Sarebbe un vero sollievo!»

«Ma certo!» Non volevo impicciarmi nei loro problemi di coppia, ma non potevo nemmeno fare finta di niente di fronte a un'amica in difficoltà.

«Si è comportato in modo così strano nell'ultima settimana» continuò Diane dopo aver recuperato un fazzoletto dalla borsa ed essersi soffiata il naso. «Siamo sposati da quasi trent'anni ma tutt'a un tratto mi sembra un estraneo.»

Non sapevo proprio cosa rispondere, così mi limitai a qualche colpetto sulla spalla e a un sorriso rassicurante: «Su, su, sono certa che andrà tutto bene. Sta solo passando un brutto momento a causa della morte della zia, non credi?»

Diane annuì: «Ethel è sempre stata la mia preferita tra i suoi parenti. Vorrei aver trascorso più tempo con lei di recente. Non eravamo minimamente preparati a tutto questo. È stato un tale shock!»

Mi sarebbe piaciuto chiederle della cena la sera della morte di Ethel, ma non avrei potuto spiegarle in nessun modo come ne fossi venuta a conoscenza, così dissi solo: «Mi dispiace davvero molto.»

Diane tirò su col naso e infilò il fazzoletto in borsa. «Oh, ma guarda. Ti sto facendo perdere tempo quando dovresti lavorare.» Posò la rivista sul tavolino e si alzò, cercando di rassettarsi gli abiti senza riuscirci. Ridacchiò: «Sono un tale disastro! Sarà meglio fare un salto al centro benessere.»

«Mi sembra un'ottima idea.»

«Mi prometti che mi chiamerai se vedi Richard?»

«Promesso.» Almeno questo potevo farlo. Sarei riuscita anche a trovare l'assassino? Stavo iniziando a preoccuparmi seriamente di quali altri torbidi segreti avrei scoperto se avessi continuato a indagare.

Diane annuì, perlustrò l'ufficio con lo sguardo, poi mi sorprese con un forte abbraccio. «Grazie, Angie. Non puoi immaginare quanto mi sei stata d'aiuto!»

Meno di un minuto dopo se n'era andata e io ero più confusa che mai.

Il nostro associato più giovane, Derek, fece capolino dall'ufficio che condivideva con il suo collega

Brad, che era figlio di un avvocato molto noto e veniva quindi trattato di conseguenza. Derek si diresse senza indugio verso il vassoio dei cappuccini. «Grazie» disse prendendone due e girando rapidamente sui tacchi per tornare in ufficio.

Lo seguii e mi sedetti sull'angolo della sua scrivania in un modo tale che nessun uomo avrebbe potuto ignorare: «Voi ragazzi siete andati alla lettura del testamento ieri, vero?»

Derek bevve un lungo sorso di caffè: «Io non sono stato invitato a presenziare, ma Brad sì.» Non sembrava molto contento della cosa, ma avevo un caso da risolvere e non avevo tempo di preoccuparmi del suo stato d'animo!

Puntai gli occhi su Brad cercando di mostrare il mio interesse per la questione senza incoraggiarlo a flirtare con me: «Ho sentito di tutto. Ma cosa è successo?»

Fece un giro con la sedia ammiccando compiaciuto: «Beh, c'era questa segretaria sexy che si è presa la scossa ed è finita in ospedale...»

Se non avessi avuto un disperato bisogno di informazioni gli avrei dato un bel ceffone, pur sapendo che avrebbe potuto costarmi il posto, o per lo meno me ne sarei andata senza degnarlo di uno sguardo. Brad mi aveva già chiesto di uscire più volte, ma avevo sempre rifiutato e avrei detto di no anche se fosse stato l'ultimo uomo sulla faccia della terra, potete metterci la mano sul fuoco!

Se ci aggiungiamo il fatto che mi definiva sistematicamente segretaria, è facile capire perché ce l'avessi tanto con lui. Ero un'assistente legale, anche se capitava spesso che venissi incaricata del caffè. Inoltre, ero piuttosto sicura che Brad fosse riuscito a iscriversi alla facoltà di legge solo grazie alle conoscenze di suo padre. Io potevo anche non aver ancora fatto molti passi avanti nella carriera, ma se non altro avevo fatto tutto con le mie forze.

Mi sforzai di sorridere: «Intendevo *dopo*.» Anche se era un tipo squallido, potevo contare sul fatto che volesse fare colpo su di me e questo, forse, mi avrebbe consentito di scucirgli qualche informazione.

Si schiarì la gola e si sistemò la cravatta, raddrizzandosi sulla sedia mentre iniziava a parlare: «La signora ha lasciato quasi tutto al gatto e una tizia è andata fuori dai gangheri quando l'ha saputo.»

Oh, finalmente!

«Quale tizia?» chiesi inarcando un sopracciglio per la curiosità.

Il volto gli si contorse in un ghigno: «Bassa, capelli grigi, piuttosto trasandata. Forse era la nipote?»

Dalla descrizione assomigliava parecchio alla donna in cui ci eravamo imbattuti io e Gattavius la sera prima a casa di Ethel. «E cosa ha fatto quando l'ha scoperto?»

«Ha iniziato a gridare e imprecare, dicendo che era stata lei a occuparsi della signora per anni mentre il gatto non aveva fatto nulla se non cacciare qualche topo e cacare nella lettiera. Ha detto che se li meritava *lei* quei soldi.»

Mi venne da ridere pensando a quando avrei riferito a Gattavius quelle parole. «E gli altri cosa hanno detto?»

«Le hanno detto di darsi una calmata; allora si è seduta e non ha più detto una parola. Poi se n'è andata via in fretta e furia appena finita la lettura.»

Ridacchiai cercando di immaginarmi la scena: «A quanto pare mi sono persa lo spettacolo.»

Brad si alzò in piedi e si sistemò il colletto in un gesto che ero certa ritenesse sexy, ma che trovavo ridicolo: «Sarei lieto di raccontarti ogni dettaglio a cena.»

Sbadigliai e scossi la testa: «Grazie, ma credo che passerò.»

Brad si scrollò rapidamente di dosso il colpo inferto al suo ego. Iniziavo a credere che avesse il potere della rigenerazione come Wolverine dei fumetti o Claire Bennet, la cheerleader di *Heroes*.

Niente sembrava mai turbarlo per più di un secondo.

«A più tardi» dissi con un cenno del capo a Derek, che apprezzavo ben più di Brad. A dire la verità, in ufficio apprezzavo chiunque più di Brad, eccetto Bethany forse. I due si spartivano l'ultimo posto nella mia personale classifica di gradimento dei colleghi.

Forse, se non aveva una relazione con il signor Fulton, lei avrebbe preso in considerazione Brad come possibile candidato, il che sarebbe stato ottimo per togliermelo dai piedi; tuttavia, non ero certa di voler affrontare l'incubo di vedere quei due insieme.

Ripassando dalla mia scrivania notai che, mentre mi ero attardata a parlare della lettura del testamento con Brad e Derek, tutti i caffè erano spariti: quindi o qualcuno era stato ingordo, oppure il signor Fulton c'era e si era volutamente eclissato per non incontrare sua moglie.

Feci un respiro profondo e decisi di dare un'occhiata nel suo ufficio. Nessuno rispose quando bussai, però la porta non era chiusa a chiave, così decisi di entrare. Sapevo che spiare non era una bella cosa, ma uccidere lo era ancora meno e dovevo almeno provare a consegnare il colpevole alla giustizia.

Dopo quello strano incontro di primo mattino e la

chiacchierata con Diane iniziavo a sospettare che il mio capo dai modi gentili potesse avere le mani sporche di sangue, il che rendeva ancora più rischioso intrufolarsi nel suo ufficio.

Avanzai lentamente nella stanza, pronta a fuggire al primo segnale di pericolo o al suo arrivo. A prima vista tutto sembrava a posto, ma poi qualcosa di color viola intenso sotto la scrivania attirò la mia attenzione. Spostai la sedia chinandomi per dare un'occhiata e mi trovai davanti agli occhi un elaborato reggiseno di seta. Era senza dubbio più ricercato di qualsiasi capo avessi mai indossato. Ed era troppo sexy per appartenere a Diane. Voleva dire che...?

Non volevo pensare male del mio capo ma lo sospettavo già di omicidio, quindi l'adulterio non era poi questa gran cosa in confronto.

Anche se sarebbe stato facile chiudere l'intera faccenda incolpando il principale sospettato, non riuscivo ugualmente a immaginarmi il signor Fulton uccidere una vecchia gattara di buon cuore.

I conti non tornavano. Mi era sempre sembrato un brav'uomo, tantopiù per essere un avvocato. Era stato solo uno stratagemma per indurci tutti a non sospettare di lui?

Ma perché proprio ora? E perché avrebbe dovuto uccidere sua zia? Era stato un atto freddo e calcolato o era scaturito da un'emozione improvvisa? Di certo avvelenare la cena di qualcuno era un atto ben premeditato. E se davvero aveva fatto una cosa così orribile progettandola con freddezza e portandola a compimento, perché quella mattina era così avvilito?

Non riuscivo a capire ma una cosa era certa: dovevo uscire di lì prima di essere colta con le mani nel reggiseno, per così dire, anche se non mi era chiaro cosa potesse dimostrare quella scoperta.

Ma presto la verità sarebbe venuta a galla, a costo di tirarla fuori con la forza.

11

Non vidi il signor Fulton per il resto della giornata, cosa che aumentò ulteriormente i miei sospetti. Diane mi chiamò poco prima che uscissi dall'ufficio; detestavo deluderla ma non avevo nessuna notizia.

Mentre guidavo diretta a casa tirai giù il finestrino e lasciai entrare la brezza. Era bello guidare senza artigli conficcati nelle cosce. E, a proposito di artigli, speravo che Gattavius non avesse combinato troppi disastri durante la mia assenza.

Pochi minuti dopo parcheggiai nel vialetto di casa, feci un respiro profondo ed entrai aspettandomi il peggio.

Gattavius venne alla porta per salutarmi, strusciandosi contro le mie gambe con la coda ritta: «Sei stata via *secoli!*»

Avrei voluto chinarmi ad accarezzarlo, ma non avevo intenzione di guastargli l'umore due secondi dopo aver messo piede in casa: «Non secoli, solo poco più delle normali otto ore di lavoro» gli spiegai.

«Otto ore di lavoro? Mi sembra una condanna a vita!» Aveva ragione, dovevo ammetterlo.

«Beh, non hai tutti i torti» replicai con un sospiro esausto.

«Allora perché lo fai?» Si sedette a osservarmi senza soffiare, agitare la coda o esprimere altrimenti il proprio fastidio. Qualcuno l'aveva rapito e sostituito durante la mia assenza? Quello non era il tigrato scorbutico e insopportabile a cui stavo cercando di abituarmi.

Strofinai pollice e indice: «Per i verdoni ovviamente! Che ti succede? Ti sono mancata?» Non volevo ritrasformarlo nella versione a strisce di *Grumpy Cat*, ma ero curiosa.

Lui fece spallucce: «Preferisco averti a portata di zampa. Sai, in caso volessi un po' di Evian fresca o mi servisse un aiutino con una palla di pelo difficile da rigettare...»

Scoppiai a ridere: «Per fortuna sei riuscito a cavartela!»

Sorrise come lo Stregatto poi aggiunse: «A proposito, è ora di cena!»

Mi diressi in cucina, gli misi del pâté fresco in un piattino e riempii una tazza di Evian; poi attaccai la tiritera su quanto fosse un bravo gatto, come mi aveva spiegato quella mattina.

Quando ebbe finito di mangiare saltò sul tavolo e disse: «Bene! Ora puoi accarezzarmi.»

«Mmm, ok.» Era davvero piacevole passare le dita nella pelliccia nera e marrone strofinandola dalla testa alla punta della coda. Ed era ancora più bello sentirgli fare le fusa.

«Prego» disse dopo un po'. «So che era da un po' che volevi farlo e, lo ammetto, te lo sei guadagnato. Ma ora smettila o ti do un morso!»

Allontanai la mano alla velocità della luce.

Gattavius saltò a terra e mi precedette in soggiorno, dove la TV era ancora sintonizzata sul canale per bambini che avevo scelto per lui quella mattina. «Cos'hai imparato oggi?» gli chiesi ammiccando verso lo schermo.

Sbadigliò e rispose: «Molte cose, fra un pisolino e l'altro.»

«Non mi chiedi com'è andata la mia giornata?» Non vedevo l'ora di sentire il suo parere sullo strano comportamento del signor Fulton e sul fatto che sembrava sparito.

«Non ci avevo pensato» ammise sbadigliando di nuovo. «Ma *io* ho ancora un sacco di cose da raccontarti.»

«Oh, scusa tanto. Dimmi tutto.» Mi sedetti sul divano in attesa che mi allietasse con il racconto degli eventi della sua intensa giornata; era il meno che potessi fare, considerando che si era astenuto dal fare a pezzi con le unghie tutta la casa come avevo temuto.

Saltò sul tavolino del salotto e iniziò a camminare avanti e indietro parlando velocemente: «Mi sono svegliato affamato, come mi capita spesso. Mi ci è voluto un bel po' per tirarti giù dal letto e ancora di più per farti capire come servirmi degnamente la colazione. Complessivamente ti darei la sufficienza per l'impegno. Risultato medio, non eccellente.»

«Ok, magnifico. Possiamo andare avanti?» chiesi irritata. Non avevo mai conosciuto nessuno in grado di cambiare rotta tanto repentinamente quanto lui: un attimo prima mi salutava con affetto e quello dopo riprendeva a insultarmi. L'incostanza sembrava il tratto principale del suo carattere ma, se non altro, potevo contare sul fatto che mi dicesse sempre esatta-mente cosa gli passava per la testa, il che poteva rivelarsi utile, soprattutto nelle indagini su un caso di omicidio.

Gattavius continuava a fare avanti e indietro, parlando allo stesso ritmo rapido con cui camminava: «Dopo che sei andata via ho guardato la ragazzina dei cartoni risolvere un mistero usando gli oggetti che aveva nello zaino. Dovremmo procurarcene uno anche noi se vogliamo risolvere il caso. Oh, e una mappa!»

Mi scappò un risolino e lui non la prese bene: «Dico sul serio!» dichiarò, gli occhi d'ambra fissi nei miei. «Inoltre, ho scoperto l'esistenza degli ananas di mare e altre bizzarrie che piacciono a voi umani. Ora capisco meglio la vostra lingua, ma come specie vi comprendo ancora meno: perché guardate programmi sulle spugne anziché concentrarvi sulla vostra specie o su quelle superiori come il *Felis catus?*»

«Mmm, non saprei. La gente ha l'abitudine di fare cose strane, come commettere omicidi o avere relazioni extraconiugali. Non indovinerai mai cosa ho scoperto oggi!»

«Oh, io credo di sì. Voi umani siete abbastanza prevedibili» mi informò appoggiando il didietro sul tavolino e agitando minacciosamente la coda. «Ma *prima* devo raccontarti tutto il resto.»

C'era *dell'altro?* Quante cose poteva aver mai fatto?

Non avevo tutta questa voglia che mi facesse il resoconto per filo e per segno di tutti i cartoni che aveva visto, soprattutto quando avevamo questioni assai più pressanti di cui discutere; ma per lui sembrava importante avere la mia totale attenzione, così mi misi più comoda e gli feci cenno di proseguire.

«Inizialmente ho provato a fare un pisolino sulla testiera del divano, ma è un po' troppo bitorzoluta per i miei gusti. Dopo un'attenta perlustrazione, ho trovato un posticino comodo sul tappeto: ci arrivava il sole che lo scaldava in modo davvero piacevole. Ho dormito per un'oretta poi il sole è andato via e la cosa ha perso il suo fascino.»

«Chiaro» commentai, vedendo che aspettava che dicessi qualcosa.

Compiaciuto, proseguì: «Allora sono andato in camera tua e ho trovato un bel posticino nella trapunta. Era arrotolata e mi ci sono scavato una tana. Purtroppo mi sono svegliato con una palla di pelo che mi ostruiva la gola e non ho fatto in tempo a saltare giù dal letto. Sarà meglio mettere tutto a lavare prima di coricarti.»

Aveva vomitato sulla mia trapunta?! *Che schifo!!*

Se non altro mi aveva avvertita anziché lasciare che lo scoprissi da sola. Bisogna essere grati per le piccole cose.

«Quando sei tornata mi hai servito la cena e stavolta te la sei cavata molto meglio. Ti darei un dieci meno. E ora siamo qui. Vedremo come si concluderà la giornata.»

«Hai avuto una giornatona!» commentai sarcastica.

Non colse l'umorismo e mi fece l'occhiolino: «Sì. Una giornata produttiva tutto sommato.»

Avrei voluto chiedergli cosa intendesse, ma era meglio non impelagarsi in una lunga discussione sul grado di soddisfazione della quotidianità felina dal momento che non ero *ancora* riuscita a raccontargli cos'era successo in ufficio. «Ora posso raccontarti la mia giornata?»

«Difficilmente batterà la mia, ma avanti, provaci.»

Quell'affermazione mi fece pensare che in fondo Gattavius stava bene con me, un pensiero che mi riempì d'orgoglio. Forse, come Brad, anche io cercavo disperatamente attenzione e affetto da chi non lo concedeva con facilità. La gentilezza di Gattavius mi sembrava un premio che mi ero guadagnata con impegno e avevo intenzione di godermela fino in fondo.

Senza scendere troppo nei dettagli, perché sapevo quanto facilmente perdeva interesse, gli esposi gli eventi della giornata concludendo con la questione del vistoso reggiseno viola che avevo trovato nell'ufficio del signor Fulton.

Gattavius scosse il capo: «E poi gli umani ritengono che siamo noi quelli da sterilizzare! Almeno noi ci limitiamo a fare cuccioli senza tanti drammi!»

Dovevo ammettere che non aveva tutti i torti. «Ti sorprende che il signor Fulton possa avere una relazione?»

«In effetti no, ma non lo conosco bene e in ogni caso non capisco la questione del matrimonio. Quei collarini che mettete al dito... è un po' come avere il microchip, no? Puoi provare a scappare ma alla fine ti trovano e ti riportano a casa. È così frustrante!»

«Qualcosa del genere» replicai cercando di nascondere un sorriso. «Credi che possa essere stato il signor Fulton ad avvelenare Ethel?»

Gattavius ci rifletté a lungo: «È quello grasso con i capelli grigi, vero?»

Il signor Fulton era magro e in forma, con i capelli castani appena spruzzati di grigio. Qualcosa non quadrava!

«Ti riferisci alla donna che abbiamo incontrato ieri a casa tua?»

«Sì! È quello il signor Fulton, no?»

«Ma no! Quella è la nipote di Ethel. Non distingui gli uomini dalle donne?»

«Te l'ho detto, a me gli umani sembrano tutti uguali. Tu capisci a prima vista se un gatto è maschio o femmina?»

Ok, non aveva torto neanche stavolta, così decisi di lasciar perdere.

Frustò l'aria con la coda mentre rifletteva, poi disse: «Presumo che tu non mi sappia descrivere l'odore del signor Fulton. Sarebbe molto più semplice.»

«No, spiacente.» Scossi il capo per scacciare l'immagine di me stessa intenta ad annusare furtivamente il mio capo.

Lui sogghignò e iniziò a leccarsi.

Mi lasciai cadere contro lo schienale del divano con un sospiro, cosa che di recente facevo spesso. «Allora temo che niente di ciò che posso dirti sarà utile perché non sai nemmeno di chi sto parlando. Come facciamo a risolvere il caso se non riusciamo a scambiarci queste informazioni?»

Sembrava un crudele scherzo del destino: riuscivo a parlare con gli animali ma non potevo usare questa capacità per qualcosa di utile. Qualcuno lassù si stava facendo beffe di noi.

«Puoi sempre portarmi in ufficio con te» propose Gattavius con un sorriso sornione.

«Non se ne parla! Ti ho già spiegato perché non si può.» Non sapevo perché volesse così tanto tornare in ufficio, ma era una questione su cui non avevo intenzione di dargliela vinta.

Con aria annoiata aggiunse: «Ok, allora che ne dici di portarmi alla commemorazione domani?»

Scattai in piedi a quella notizia: «Commemorazione? Intendi la cerimonia prima del funerale?»

«Così mi è sembrato di capire. Gli umani ne parlavano ieri mentre non c'eri.» Intendeva quando ero stata all'ospedale. Sembrava che nessuno fosse granché preoccupato del fatto che avessi visto la morte in faccia, nemmeno Gattavius. Cercai di non sentirmi ferita ma accidenti, uno si immagina che gli altri restino almeno un po' turbati da una scena simile!

«Non so ancora come» gli dissi sforzandomi di concentrarmi nuovamente sulla conversazione, «ma troverò un modo per portarti con me. Poiché l'assassino è qualcuno che Ethel conosceva sufficientemente bene da invitarlo a cena, è molto probabile che si faccia vedere. Dobbiamo andarci anche noi.»

«Era quello che volevo sentire!» disse ammiccando. «Ora, se vuoi scusarmi, è tempo di una visitina alla lettiera.»

12

l giorno dopo sgattaiolai via dall'ufficio prima del solito in modo che io e Gattavius potessimo prepararci per la commemorazione, che si sarebbe svolta a inizio serata. Il signor Fulton non si era fatto vedere in ufficio per tutto il giorno e quindi non ero riuscita a ottenere nessuna nuova informazione su di lui, ma più si prolungava la sua assenza, più i miei sospetti aumentavano.

Dovevo riuscire a saperne di più, in un modo o nell'altro. Avrei potuto andare a trovare Diane o forse alla commemorazione avrei trovato tutti gli indizi che mi servivano. Riponevo maggiori speranze in questa seconda opzione.

Ultimamente, la sera faticavo a prendere sonno all'idea che ci fosse un assassino a piede libero e che molto probabilmente fosse qualcuno che conoscevo; considerando poi l'ora assurda a cui mi svegliava Gattavius la mattina, ero praticamente ridotta a uno zombie. *Accidenti!*

Finché non avessimo avuto prove sufficienti per rivolgerci alla polizia mi sarebbe servito un bel po' di caffè, il che era una vera ironia della sorte se pensiamo al modo in cui avevo ottenuto la capacità di parlare con gli animali. Cercai di non rimuginare troppo sul fatto di aver visto la morte in faccia considerando che io l'avevo scampata ed Ethel Fulton invece no.

Mentre tornavo a casa feci tappa in un negozio dell'usato per cercare un abito adatto e ne approfittai per acquistare una grossa borsa a tracolla che mi sarebbe risultata utilissima in quell'occasione: anche se il motivo in vimini marrone e nero la faceva sembrare un po' troppo una borsa da spiaggia, era delle dimensioni giuste per nasconderci Gattavius consentendomi di farlo entrare e uscire dalla commemorazione senza che nessuno lo notasse.

«*Puzza!!*» protestò lui frustando l'aria con la coda quando gliela mostrai.

Sapevo che, viziato com'era, non avrebbe apprezzato una borsa di seconda mano, ma mi accigliai ugualmente: «Non abbiamo molta scelta, a meno che tu non abbia un'idea migliore.»

«Sono stato invitato alla lettura del testamento. Perché questa volta non è così?» Il labbro superiore gli tremava ed emise un debole miagolio. Mi dispiaceva molto per lui, anche se una ridimensionata al suo smisurato ego non avrebbe certo guastato.

«Senti, non l'ho deciso io» provai a spiegargli. «È una cerimonia pubblica, quindi chiunque può andarci, ma temo ugualmente che ci caccino se mi presento con un gatto al seguito. Mi dispiace, ma la maggior parte della gente ritiene inappropriato portare animali alle funzioni. Senza contare quanto sei terrorizzato quando scendi dall'auto. Questo non farebbe che peggiorare le cose.»

Quest'ultima precisazione lo fece arrabbiare.

«Avevi detto che stavo facendo progressi!» mi ricordò con un ringhio.

Lo ammetto, gliel'avevo detto quando eravamo tornati dalla visita a casa di Ethel, una bugia innocente per farlo sentire meglio. Meglio furioso che triste, comunque.

«Sì, sì» conclusi. Non era il momento di illustrargli nel dettaglio il galateo umano: il tempo passava in fretta.

Era ancora imbronciato, ma corsi a cambiarmi.

Nonostante le sue frecciatine sarcastiche, Bethany aveva ragione sul fatto che i negozi dell'usato fossero una buona opzione per trovare indumenti a prova del mio scarso budget: l'abito nero mi arrivava appena sotto il ginocchio e in futuro avrei potuto indossarlo senza problemi anche a un cocktail.

«Andiamo» dissi tornando in soggiorno e indicando a Gattavius la borsa di vimini. Lui spalancò gli occhi per l'orrore: «Di certo non è necessario che ci entri *proprio ora*! Non possiamo aspettare di arrivare alla cerimonia?»

«No, non voglio correre rischi.» Mi appoggiai una mano sul fianco e con l'altra aprii la borsa: «Dai, entra!»

Soffiò e ringhiò, ma obbedì.

«Bravo, micetto!»

Un potente soffio si levò dalla borsa: «Ti ho già detto di non chiamarmi così!»

«Lo so» borbottai mentre chiudevo a chiave la porta di casa. «Ma hai vomitato sul mio letto, quindi ti chiamo come voglio.»

«Non credo proprio!» disse sporgendo la testa fuori dalla borsa per scoccarmi un'occhiataccia.

Continuando a ridere, sistemai il trasportino improvvisato sul sedile del passeggero e avviai il motore. Gattavius cercò di sgattaiolare fuori un paio di volte per venire a rifugiarmisi in grembo, ma riuscii a convincerlo a desistere e tornare nella borsa.

«Ti detesto!» ringhiò quando infine arrivammo.

«*Shh!* Nessuno deve sapere che sei qui.»

L'intreccio della borsa gli consentiva di vedere all'esterno senza essere notato. Oltre a voler catturare l'assassino, ritenevo che Gattavius avesse il diritto di porgere l'estremo saluto a Ethel: aveva trascorso tutta la vita con lei e sapevo quanto gli mancasse.

«Tieni a mente il piano» bisbigliai senza muovere le labbra. Un momento: forse il mio talento era il ventriloquio! Avrei dovuto approfondire la questione.

«Se vedi, voglio dire *fiuti,* qualcuno che era presente alla cena, dammi un colpetto con le unghie sul braccio. E tieni presente che sarà l'unica volta in cui sarai autorizzato ad artigliarmi!»

«Chiaro. Ma vediamo di sbrigarci, questa cosa tanfa in modo orribile!» Anche io avrei preferito tornare di corsa a casa, ma per il momento avrei dovuto tener duro per entrambi.

Strinsi a me la borsa agganciando bene la tracolla sulla spalla e mi avviai, ostentando disinvoltura come se non nascondessi un gatto parlante. Eravamo appena entrati quando riconobbi un volto familiare: una donna mi fissava e mi diede i brividi, soprattutto dopo aver saputo da Brad della scenata che aveva fatto alla lettura del testamento.

«Mi ricordo di lei» dissi avvicinandomi. «Mi ripete il suo nome?»

Si guardò intorno e mormorò: «Sono Anne Fulton.»

Gattavius scelse proprio quel momento per affondare gli artigli nella pelle morbida del mio braccio.

«*Oh!*» Mi sfuggì un gridolino. Mi sforzai di ricompormi, ridacchiai nervosamente e chiesi: «Ethel era sua parente?»

«Era mia zia» rispose Anne. Ma questo lo sapevo già.

«Condoglianze» dissi con un cenno del capo. Mi allontanai in tutta fretta: l'ultima cosa di cui avevo bisogno era restare bloccata tutta la sera con quella donna strana e irascibile, che non ci aveva pensato due volte a intrufolarsi senza permesso in casa della zia. Anche se, a dire la verità, lo avevo fatto anch'io. Forse avevo più cose in comune con lei di quanto volessi ammettere...

Il peso della borsa che mi indolenziva la spalla mi fece pensare che a Gattavius non avrebbe fatto male mettersi a dieta e a me allenarmi nel sollevamento pesi.

Mi feci strada fra gli ospiti per raggiungere la bara

dove Ethel Fulton giaceva su un tessuto di seta rosa chiaro, i capelli corti a formare un'aureola intorno al capo, il trucco marcato ma elegante. Non l'avevo conosciuta da viva, ma a vederla in quel modo un velo di tristezza mi scese sul cuore.

Gattavius mi artigliò una seconda volta, dolorosamente. «Sì» mormorai. «Ethel era alla cena, lo so, l'aveva organizzata lei.»

Ringhiò e borbottò: «Dietro di te! Si sta avvicinando!»

Mi voltai resistendo all'impulso di controllare se il braccio stesse sanguinando e mi trovai faccia a faccia con Diane che indossava un semplice abito nero abbinato a un cappellino a tamburello.

«Oh, Angie!» Scoppiò in lacrime e si gettò fra le mie braccia con tanta veemenza da farmi quasi cadere la borsa. «È bello vedere un volto amico!»

Mi tenne stretta a lungo singhiozzando e raccontandomi aneddoti sui bei momenti che aveva trascorso con Ethel. «Quando ho sposato Richard, Ethel mi ha preso sotto la sua ala e mi ha insegnato a gestire la casa e come essere una buona moglie.» Scoppiò nuovamente a piangere: «Ah, ma tu non hai tempo per le mie lagne!»

«Coraggio» le dissi dandole dei colpetti sulla schiena e sperando che mi lasciasse andare.

La sentii irrigidirsi, poi si allontanò di scatto da me come se si fosse ustionata... o avesse preso la scossa.

Mi voltai per vedere cosa avesse attirato la sua attenzione: il signor Fulton era sull'ingresso con Bethany al suo fianco.

«Devo andare» singhiozzò Diane fuggendo via prima che avessi la possibilità di fermarla.

L'immagine del reggiseno trovato nell'ufficio del signor Fulton si fece strada nella mia mente; ora che ci pensavo, era più o meno della taglia di Bethany. Osservai disgustata il mio capo appoggiare delicatamente una mano sulla schiena di lei e avanzare verso la bara, ostentando l'intimità che c'era fra loro davanti a tutti.

Oh, povera Diane! Era venuta a dire addio a una parente a cui aveva voluto bene e suo marito l'aveva umiliata consapevolmente davanti a familiari, amici e conoscenti.

Rimasi ad attenderli di fianco alla bara, chiedendomi se avrebbero almeno cercato di giustificarsi. Gattavius affondò nuovamente le unghie acuminate nel mio braccio, avvisandomi del fatto che anche il signor Fulton era presente la sera dell'omicidio.

A quel punto avevamo identificato tre dei cinque ospiti presenti alla cena. Gattavius aveva già escluso

Anne dai possibili sospettati e io non mi sarei mai sognata di accusare la povera Diane, quindi i possibili colpevoli erano tre: il signor Fulton o uno degli altri ospiti di cui ancora non conoscevo l'identità. Ed ero sempre più convinta che fosse lui il nostro uomo.

«Angie» mi salutò il mio capo con un sorriso, scostando la mano dalla schiena di Bethany mentre si avvicinava. «Grazie per essere venuta.»

Bethany annuì ma non disse nulla.

«Era il minimo che potessi fare» dissi senza sapere nemmeno io cosa intendessi. Ma nessuno fece commenti.

«Era una persona meravigliosa» sospirò Fulton. «Per me è stata come una seconda madre. Fatico molto ad accettare che non ci sia più.»

Gli si spezzò la voce e Bethany gli diede qualche colpetto sul braccio per incoraggiarlo, cosa che mi fece infuriare ancora di più.

Entrambi rivolsero l'attenzione alla bara e io mi congedai prima di lasciarmi sfuggire qualche commento di cui mi sarei potuta pentire. Gattavius mi artigliò di nuovo il braccio mentre mi facevo largo tra gli ospiti fino alla porta, ma non feci nemmeno caso a chi stesse cercando di indicarmi.

A quel punto ero certa che il signor Fulton fosse doppiamente colpevole!

13

Prima che riuscissi a raggiungere l'auto qualcuno mi appoggiò una mano sulla spalla. Mi voltai e mi trovai davanti... Bethany, proprio una delle persone che avevo meno voglia di vedere!

«Che cosa vuoi?» grugnii senza preoccuparmi di nascondere il disgusto che provavo.

Con i capelli biondi e sottili scompigliati dal vento e le labbra tirate non mi era mai parsa così vulnerabile e femminile. «Volevo accertarmi che stessi bene. Avevi una faccia, là dentro! Non avevi mai visto un cadavere?»

«Certo che sì» sbottai. «Quello che non avevo mai visto è il mio capo che ostenta la sua amante davanti a tutti nel peggior momento possibile!»

Bethany sussultò e fece un passo indietro. «Amante? Non penserai mica che...»

«Che altro dovrei pensare?» incalzai, augurandomi che avesse una buona spiegazione per ciò che avevo visto. Mi piaceva abbastanza lavorare per lo studio, ma non avrei mai più potuto guardarli come se nulla fosse, non senza immaginare il terribile reggiseno viola, la mano di lui sulla schiena di lei e la morte di un'anziana signora gentile che non meritava affatto quella fine.

Bethany si accigliò e scosse il capo: «Pensavo che mi conoscessi meglio, Angie.» Sembrava sul punto di scoppiare in lacrime. Chi era questa donna fragile? E perché tutt'a un tratto era così diversa dallo squalo che in ufficio avrebbe fatto a pezzi chiunque pur di fare carriera?

«Ti conosco a malapena e a quanto pare non conosco bene neanche il signor Fulton.» Risi con amarezza. «Siete stati davvero abili a tenere tutto nascosto. Non ne avevo idea fino a stamattina, quando sono arrivata prima e vi ho beccati soli in ufficio. E poi lì c'era quel terribile reggiseno...»

«Reggiseno?» domandò Bethany. Poi mormorò qualcosa che non riuscii a capire. Forse ora che sapeva di essere stata colta sul fatto si sarebbe decisa a dirmi la verità.

Incrociai le braccia senza smettere di fissarla: «Sì, il *tuo* reggiseno!»

«Accidenti!» Rimase a fissarmi senza sbattere le palpebre. «Sono senza parole.»

«Davvero credevate che nessuno l'avrebbe mai scoperto? Solo perché sono un'assistente legale non significa che sia meno intelligente di voi avvocati so-tutto-io!» Tutto il mio livore venne fuori in un colpo solo, tutto ciò che non avevo detto in quei mesi nel tentativo di creare buoni rapporti sul lavoro. Il modo in cui Bethany mi fissava con sguardo ferito era inquietante: in quel momento avrei quasi preferito affrontare Brad e le sue odiose avances.

Diede un calcio a terra per la frustrazione e quando tornò a guardarmi i suoi occhi erano freddi e inflessibili: «Il fatto di essere donna, in questo momento, non ti rende meno disgustosamente sessista. Me lo sarei aspettato dagli altri ma non da te, Angie. Da te mi aspettavo di più!»

«Oh, risparmiami il discorsetto sul 'sono delusa, non arrabbiata'. L'ho sentito da mia nonna un milione di volte. E non dare la colpa a me quando sei tu quella che corre dietro a un uomo sposato che, sì, dà il caso, è anche il tuo capo!»

Mi si piazzò davanti come per parare il colpo, poi

scandì lentamente ogni parola: «Non. Ho. Una. Relazione. Con. Il. Signor. Fulton!»

«Non saprei» dissi con un ghigno. «Eravate così intimi prima...»

«Non è... è diverso.»

«Sì, come no.» Le lanciai un sorrisetto sarcastico. Solitamente non ero così polemica ma mi aveva fatto proprio saltare i nervi e già alla commemorazione le emozioni erano state anche troppe.

«È la verità» insistette a denti stretti. «Non puoi capire.»

«Invece capisco perfettamente!» gridai. Non c'era niente che detestavo di più dell'essere trattata con condiscendenza. Beh, a parte l'omicidio e il tradimento, s'intende.

«Invece no!» gridò a sua volta. Poi abbassò drasticamente la voce: «E stai facendo una scenata per niente!»

Ma lei non poteva sapere che per me fare una scenata non era affatto un problema: ero stata cresciuta da un'attrice di teatro che mi aveva insegnato a tirar fuori la voce. Per noi fare una sceneggiata era cosa buona e giusta, se non ci cacciava nei guai.

Bethany sembrava pronta a chiudere la conversazione, così azzardai la domanda da un milione di dollari: «Io me ne stavo andando, sei venuta tu a cercare me, quindi dimmi: se non avete una relazione, che diavolo state combinando?»

Si strinse il torso con le braccia e abbassò gli occhi a terra mormorando: «Non posso dirtelo. Almeno, non ancora.»

«Oh, molto comodo!» borbottai scuotendo il capo.

Lei non disse altro. Raggiunsi la mia auto a grandi passi e gettai la borsa sul sedile del passeggero senza pensare che dentro c'era ancora Gattavius. *Ops!*

«Ti spiacerebbe fare piano?» strillò lui dopo aver emesso lo stesso terrificante grido con cui mi svegliava la mattina. «Preferirei non consumare le mie sette vite se non è strettamente necessario!»

Nonostante l'irritazione sembrava stare bene. Ma io? Ero così furiosa che le mani mi tremavano e si erano arrossate. Mi serviva un momento per ritrovare la calma, ma a Gattavius non piaceva essere ignorato: «Ehi, dico a te!» gridò colpendomi nuovamente il braccio con gli artigli, cosa che mi fece arrabbiare ancora di più.

«Non puoi startene zitto un attimo?» strillai.

«Ehi, chi era la guastafeste?»

«Guastafeste non è l'espressione giusta» risposi, ancora inquieta dopo lo scontro con Bethany. Volevo solo tornarmene a casa ma non mi fidavo ancora abbastanza di me stessa da mettermi alla guida.

Il tigrato mi appoggiò le zampe superiori sulla gamba e iniziò a impastare dicendo: «Ma è adatta all'occasione. Sei tu che mi hai trascinato qui, quindi sei pregata di spiegarmi. Che cosa è successo?»

«*Io* avrei trascinato *te?* Non direi proprio.»

«Questione di prospettiva.» Scosse una zampa, sprezzante, e si risedette sul sedile del passeggero. «Non ha nessuna importanza chi ha trascinato chi. Voglio sapere perché te la sei presa tanto con un umano che non era nemmeno presente quella sera. Non ti importa più di trovare l'assassino di Ethel?»

La rabbia mi abbandonò all'improvviso, come se Gattavius avesse chiuso un rubinetto: non aveva importanza quanto potessi essere scandalizzata da ciò che avevo visto, sicuramente lui si sentiva molto peggio. Aveva perso la sua umana e io avevo fatto una scenata alla sua commemorazione.

«Mi dispiace» mormorai sentendomi davvero una pessima amica.

«Va tutto bene. Voi umani a volte vi lasciate prendere dall'emotività.» Si leccò pigramente una zampa e aggiunse: «Beh, quasi sempre. Ma possiamo venirne a capo insieme.»

Era proprio ciò che avevo bisogno di sentirmi dire e mi sentii subito meglio.

«Ok» dissi espirando lentamente. «Ok.»

Gattavius annuì. «Dobbiamo tornare dentro» disse. «Non abbiamo ancora identificato tutti i presenti alla cena.»

«Credo di sapere già chi ha ucciso Ethel» confessai. «Tutti gli indizi portano al signor Fulton.»

«…»

«L'uomo. Il mio capo» aggiunsi notando che sembrava confuso.

La risposta del mio amico tigrato mi lasciò a bocca aperta per la saggezza e la profondità che dimostrava: «Potrebbe essere stato lui, ma non ne saremo certi finché non avremo escluso tutti gli altri. È un po' come quando pensi che il pâté di pollo sia il tuo preferito, ma il giorno dopo assaggi quello di salmone e gamberetti e scopri che ha un sapore ancora migliore. Se ci rifletti bene, ti accorgi che forse eri solo molto affamato e così hai sovrastimato il gusto del pollo oppure pensavi che fosse il migliore perché non avevi ancora provato tutti gli altri deliziosi sapori. Capisci cosa voglio dire?»

Stranamente lo capivo benissimo. «Quindi il signor Fulton potrebbe essere il paté di salmone e gamberetti o semplice paté di pollo, ma non lo sapremo fino a fine pasto?»

«Esattamente.» Sembrava risplendere d'orgoglio, ma forse era solo lo scintillio dei suoi occhi nella luce del tramonto. «E il pasto è appena iniziato, quindi non abbuffarti e lascia spazio per le portate successive.»

«Grazie Gattavius, mi sei stato di grande aiuto!»

«Quando avremo finito dovrai andare a comprarmi del pâté di pollo. Lo so, lo so, di solito non lo mangio ma a parlarne mi è venuta una voglia tremenda.»

Gli feci qualche grattino tra le orecchie: «Sei proprio un bravo gatto.»

«E tu sei una bravissima umana. Davvero!» disse con una vocina infantile che ci fece ridere entrambi. «Ora rientriamo e scoviamo gli altri!»

14

Anche se Gattavius mi aveva convinta a rientrare, ormai era troppo tardi per scoprire qualcosa di utile: amici e parenti si erano recati a una messa privata ed erano rimasti solo alcuni conoscenti e qualche curioso. Anche Bethany se n'era andata, cosa che confermava ulteriormente i miei sospetti.

Io e Gattavius eravamo tra gli ultimi rimasti e ciò gli consentì di sporgersi furtivamente dalla borsa per dare l'addio a Ethel.

«Oh, Ethel» disse addolorato, senza alcuna traccia del suo solito tono teatrale. «Eri tutto per me e non lo sapevi nemmeno. So che abbiamo avuto qualche piccolo diverbio, ma tu sei stata il meglio che potessi chiedere alla vita. Il mondo non sarà lo stesso senza di te. Ti penserò ogni volta che berrò l'Evian o mi sdraierò al sole. Ti vorrò sempre bene e sono felice che tu sia stata la mia umana.»

Mi vennero le lacrime agli occhi nel sentire quelle parole piene di commozione: «Hai fatto un bel discorso» gli dissi cercando invano un fazzolettino.

«Sì» ammise sospirando e agitando le vibrisse.

«Ma su una cosa ti sbagli» affermai convinta, mentre lo aiutavo con delicatezza a rientrare nella borsa. «Lei sapeva quando era importante per te!»

La sua voce mi arrivò smorzata: «Come fai a saperlo?»

«Lo so e basta.»

Tornando verso casa mi fermai al supermercato dove acquistai gamberetti freschi per entrambi. Gattavius aveva mantenuto il controllo della situazione quando io l'avevo perso, quindi se l'era senz'altro guadagnato e io, d'altra parte, non sarei riuscita a preparare qualcosa di tanto squisito senza poi mangiarlo a mia volta.

Ciò nonostante, a cena mangiò meno del solito, facendomi preoccupare: «Non è buono?» chiesi osservando sospettosa il boccone sulla mia forchetta. Percepiva forse qualcosa che a me sfuggiva? La mia mente venne attraversata dal ricordo dei piatti nella cucina di Ethel e del mio vano tentativo di identificare quello avvelenato.

Il tigrato sospirò: «È solo che mi manca Ethel.»

«È normale. Mi dispiace molto per quello che ti è successo.»

«È solo che...» Tirò su con il naso passeggiando nervosamente sul tavolo. «Pensavo che saremmo vissuti insieme per sempre e poi da un momento all'altro lei non c'era più.»

«Purtroppo fa parte della vita anche questo» ammisi. Non avevo mai sperimentato in prima persona una perdita di quella portata ma speravo di riuscire ugualmente a consolarlo un po'.

«Se ti va...» esitai, invasa da un sentimento del tutto inaspettato.

«Cosa?» chiese mestamente, vedendo che non riuscivo a continuare.

«Forse quando tutto questo sarà finito...»

Dillo e basta!

«Potrei essere la tua umana.»

Spalancò gli occhi per la sorpresa, poi fusa roboanti riempirono il silenzio. «Mi piacerebbe molto!» disse. «Voglio dire, sarebbe certamente meglio non dover addestrare un altro umano da zero.» Tornò al piattino e addentò il gamberetto più grosso e succulento; impegnato com'era non vide i miei occhi velarsi di lacrime.

Che dire? Quel burbero felino mi piaceva ogni giorno di più. Forse ero tipo da gatti dopotutto.

La mattina dopo mi svegliai prima che Gattavius iniziasse a ululare. Mi sentivo incredibilmente riposata e pronta ad affrontare la giornata, perfino emozionata per ciò che mi aspettava. Era un cambiamento così drastico rispetto a quando ero andata a letto da non poter essere altro che un dono del cielo.

Anziché pormi domande, decisi di fare a mia volta qualcosa di buono.

«Ho un regalo per te» annunciai a Gattavius dopo colazione.

«Non un'altra borsa maleodorante, spero» si lamentò; ma capii che era emozionato. La coda sollevata e inclinata verso il dorso e la vivacità con cui mi seguì in camera da letto mi fecero capire che era anche lui di buon umore. Forse c'entravano la cena a base di gamberetti e la nostra recente intesa.

«Salta su» gli dissi sedendomi sul letto e iniziando

a frugare nel comodino. Si avvicinò e mi salì in grembo annusando il cassetto.

Quando tirai fuori l'oggetto che stavo cercando fece un balzo indietro, spaventato: «Cos'è quell'affare?» chiese con un respiro inquieto.

«È un iPad» gli spiegai premendo il pulsante di accensione e appoggiando il dispositivo fra noi. «È per te.»

«Luccica» commentò annusandolo con cautela.

Annuii: «Sì e credo che ti piacerà molto quando scoprirai cos'è in grado di fare.»

«*Oh?*» Avevo catturato il suo interesse.

«Immagino che Ethel non ne avesse uno.»

Lui scosse il capo.

«Possiamo installare delle app con cui puoi giocare quando ti annoi, come un acquario virtuale, la tastiera, magari anche la radio... Ma il motivo principale per cui voglio che tu ce l'abbia è FaceTime.»

«FaceTime?» Rise dopo averlo ripetuto ad alta voce. «Che strano nome. Sono parole che non c'entrano l'una con l'altra.»

«È vero, ma la parola iPhone esisteva già quindi hanno dovuto inventarsi qualcosa. Guarda.» Estrassi il cellulare dalla tasca e chiamai il tablet con FaceTime.

Gattavius agitava lentamente la coda mentre mi osservava; io risposi alla chiamata.

«Ohhhh» mormorò estasiato quando il mio volto apparve sullo schermo, seguito dal suo musetto quando rivolsi la fotocamera del cellulare verso di lui.

«Forte, vero?» esclamai entusiasta. Mi piaceva insegnare cose nuove agli altri tanto quanto mi piaceva impararle.

«Che altro fa?» chiese girando in cerchio emozionato per poi sedersi davanti all'iPad.

«So che ti senti solo quando sono al lavoro, così ho pensato che potremmo usarlo per parlare» spiegai con un sorriso conciliante, giusto in caso avesse da ridire. Rimasi piacevolmente sorpresa nel constatare che non lo fece.

L'iPad era un regalo della nonna ma di solito usavo il cellulare aziendale, quindi avevo due numeri di telefono diversi. Quella che all'inizio era stata una seccatura si rivelava oltremodo utile ora che avevo un gatto parlante.

Trascorsi circa mezz'ora a spiegargli come sbloccare il dispositivo, cliccare sull'app di FaceTime e toccare la mia foto per chiamarmi. Lo feci esercitare anche a rispondere alle mie chiamate premendo lo schermo con la zampa.

Ci riuscì perfettamente. Chi ha detto che non è possibile addestrare i gatti?

Quando uscii per andare al lavoro Gattavius era felicemente impegnato con un'app di allevamento di carpe che aveva scelto e installato da solo. Non sapeva giocarci nel modo corretto ma si divertiva a dare zampate ai pesci sullo schermo.

Lo lasciai a quel nuovo intrattenimento e mi diressi in ufficio, curiosa di scoprire cosa sarebbe accaduto quel giorno.

L'inizio però fu deludente: Thompson aveva portato Derek con sé in tribunale, Bethany si rifiutava di rivolgermi la parola e preferivo evitare Brad per partito preso; così la scelta si riduceva al signor Fulton e a qualche altro associato poco disposto a fare conversazione.

Il capo oggi sembrava molto più calmo rispetto al giorno prima. Mi chiedevo se avesse fatto pace con Diane e se Bethany gli avesse riferito della nostra lite nel parcheggio; ma, quand'anche l'avesse fatto, lui non mostrò in alcun modo di essere a conoscenza dei miei sospetti sul suo conto.

Si avvicinò alla mia scrivania e si schiarì la gola: «Angie» disse, la bocca tesa in una linea dura. «Ho bisogno che si occupi di un progetto speciale per me oggi.»

Alzai gli occhi dalla tastiera e annuii: «Certamente. Di che si tratta?»

Strinse le dita sul bordo della scrivania ed entrambi restammo a fissare le sue mani mentre parlava: «Ho bisogno che faccia una ricerca sui precedenti in cui gli eredi hanno impugnato il testamento a causa di infermità mentale del testatore al momento della firma. Quali argomentazioni sono state utilizzate? A chi sono stati assegnati i beni dopo l'annullamento del testamento originario? Quanto tempo ci è voluto per arrivare a una sentenza?»

Fece una pausa, si infilò le mani in tasca e lanciò un'occhiata dietro di sé prima di continuare:

«Ma prima potrebbe revisionare una petizione e inviarla tramite corriere espresso? Vorrei che la questione venisse sistemata oggi stesso.»

«Certo!» risposi senza esitare.

Mi rivolse un ampio sorriso: «Ottimo. Mi sarà di grande aiuto. Gliela mando via email tra poco.» Si voltò e tornò in ufficio a passo più leggero rispetto a quando era arrivato.

Meno di un minuto dopo ricevetti l'email e mi affrettai a scaricare l'allegato, curiosa.

Era una richiesta di divorzio.

Quello tra lui e Diane.

15

opo aver letto rapidamente il documento sgattaiolai in bagno per chiamare Gattavius. Ci vollero due tentativi prima che rispondesse e quando lo fece la schermata era nera.

«Pronto, mi senti?» chiesi, incerta sulla stabilità della connessione.

«Sì» rispose, la voce alta e piena d'orgoglio. «Ce l'ho fatta!»

Fissai lo schermo: non riuscivo ancora a vederlo. «Perché non ti vedo?»

«Non saprei» rispose confuso. «Insomma, sono seduto *proprio sopra* quest'affare!»

Questo spiegava tutto. Quella sera avrei dovuto ricordargli come funzionava la telecamera, ma ora ero troppo emozionata per le nuove informazioni e preferivo non guastargli l'umore con una lezione a distanza sul modo corretto di utilizzare un iPad.

Abbassai il tono a un bisbiglio in modo che nessuno a parte lui potesse udirmi: «Il signor Fulton vuole chiedere il divorzio e mi ha anche chiesto di fare ricerche su vecchi casi di testamenti annullati. Forse abbiamo trovato il paté di salmone e gamberetti!»

«Cosa vuoi dire?» chiese Gattavius senza la minima traccia di ironia. Poteva davvero aver dimenticato quella metafora?

«Ieri tu... *Non importa.*» Non era il momento di mettersi a discutere, avevamo questioni ben più importanti di cui parlare e sentivo già i primi sintomi di un tremendo mal di testa.

«Dimmi solo una cosa.» Ero determinata a concludere qualcosa con quella chiamata. «Cosa pensi che significhi tutto questo?»

Gattavius sbadigliò rumorosamente: «Hai ragione a dire che lo fa sembrare colpevole. Il signor Fulton... *mmm...* Mi ricordi qual è?»

Sospirai appoggiando la fronte sul palmo della mano. L'emicrania era imminente. «Te l'ho indicato alla commemorazione» gemetti.

«Certo.» Sbadigliò di nuovo. «Qual era?»

Stavo iniziando a preoccuparmi seriamente:

sembrava che avesse perso la memoria durante la notte. «Ehi, sicuro di stare bene?»

«Mi sono appena svegliato e sono un tantino fuori fase» ammise con un altro sonoro sbadiglio. «E più parliamo, più questo affare diventa bello calduccio. Mi concilia il sonno.»

Ecco cosa capita a sedersi su un iPad, pensai. «Ok, allora ti lascio. Dormi bene.»

«Oh, lo farò!» disse prima di chiudere la chiamata.

Non avevo concluso nulla, se non constatare che FaceTime era un buon modo per comunicare, a patto di far esercitare Gattavius ancora un po'.

Mi lavai le mani e uscii dal bagno diretta alla scrivania. Il signor Fulton era già lì in attesa: «Ha finito di correggere la petizione?» chiese ansioso.

«Me ne occupo subito» promisi.

«Bene.» Annuì ma rimase accigliato. «E mi serve quella ricerca il prima possibile!»

«Sarà fatto.» Sembrava che volesse aggiungere qualcosa; rimasi a guardarlo impacciata aspettando che proseguisse.

Si accigliò ancora di più guardandomi e cercai di non prenderla sul personale: anche se stavo cercando prove a suo carico per omicidio, svolgevo pur sempre ottimamente il mio lavoro di assistente legale.

«Uscirò tra poco e starò via qualche giorno per questioni personali» mi informò con un cenno sprezzante del capo.

Questioni personali. Sobbalzai ma mantenni la compostezza: «Va bene, inizierò subito a occuparmene con la massima priorità.»

Finalmente mi rivolse un'espressione meno afflitta; non propriamente un sorriso, ma me lo sarei fatto bastare. «Bene. Grazie, Angie. Ci vediamo la prossima settimana.»

Lo guardai tornare in ufficio e chiudere la porta a chiave. Cosa nascondeva lì dentro? E dove sarebbe andato in quei giorni?

Pensai di richiamare Gattavius ma il poveretto aveva bisogno di riposare. In ogni caso dovevo parlare con qualcuno, così decisi di fare una pazzia e mi avviai verso l'ufficio di Bethany sperando che accettasse di rivolgermi la parola.

Bussai piano; avrei voluto avere qualcosa da offrirle come gesto di pace ma per ora si sarebbe dovuta accontentare delle mie scuse.

«Vattene!» gridò senza nemmeno aprire la porta.

«Mi dispiace molto per ieri! Speravo potessimo parlarne.»

La porta si aprì: era ancora visibilmente furiosa.

«E cosa potrà mai esserci da dire?» domandò, mano sul fianco e cipiglio in volto.

«Sono preoccupata per te e volevo sapere se avevi bisogno di parlare con qualcuno.» In fondo era vero: se frequentava un assassino era necessario che lo sapesse. Anche se spesso mi dava sui nervi, preferivo averla come amica che come nemica.

«No, grazie» rispose cercando di chiudere la porta.

Riuscii a bloccarla con il piede giusto in tempo: «Per favore, ti chiedo solo due minuti. Ti prego.»

«Ok.» Si sedette alla scrivania scoccandomi occhiate di fuoco.

Chiusi la porta e mi avvicinai lentamente.

«Hai poco tempo» mi ricordò battendosi un dito sul polso, anche se non l'avevo mai vista indossare l'orologio.

«Senti, non so cosa ci sia tra te e il signor Fulton ma sono preoccupata per te» iniziai.

Sbuffò talmente forte da scompigliare alcuni fogli davanti a sé: «Non ricominciare.»

«Bethany, ascoltami! Ho ragione di credere che sia pericoloso!»

Scosse il capo: «È semplicemente ridicolo. Il signor Fulton è una delle persone più oneste che conosco.»

«Non verrà in ufficio per un po'!» sbraitai. Era un fatto oltremodo insolito: in genere lavorava anche durante i weekend. Cosa c'era di diverso quella settimana. «Sai perché?»

«Magari perché è in lutto? Perché non puoi lasciare in pace quel poveretto? E lasciare in pace me, soprattutto! Tempo scaduto!»

«Cosa? Ma abbiamo appena iniziato...» protestai.

«Questo è il mio ufficio» dichiarò alzandosi e dirigendosi decisa alla porta. «Decido io chi è benvenuto qui dentro e chi no. E al momento tu decisamente non lo sei.»

La seguii, sconfitta su tutti i fronti. «Va bene, ma stai all'erta» dissi imboccando il corridoio.

«Sì, sì. Va bene» rispose fredda. Ma la sua mano esitò un attimo in più del dovuto sulla maniglia: non mi aveva ancora chiusa fuori.

Si morse un labbro e mi fissò per qualche istante, poi disse: «Credo che dovresti parlare con Brad di quel famoso reggiseno. L'ho sentito vantarsi con Derek di... un'impresa al di fuori dell'orario di lavoro. Sono certa che sarà ben contento di raccontarti tutti i dettagli.»

Mi chiuse la porta in faccia, un po' più delicatamente questa volta. Stavamo facendo progressi.

Decisi di seguire il suo consiglio e mi diressi verso

l'ufficio di Brad. Non mi piaceva affatto che Derek non fosse presente: era l'unico in grado di tenerlo sotto controllo, almeno in parte, ma mi servivano risposte e non potevo aspettare.

«Ehi, bambolina!» disse alzando gli occhi quando richiusi la porta alle mie spalle.

«Bambolina? Ma sul serio?» sussultai. Oltre a essere del tutto inappropriato sul lavoro, quel termine si usava un secolo fa.

«Che c'è? Preferisci bel faccino?» Così dicendo, mi fissò apertamente il posteriore con apprezzamento. *Che cafone!*

«Devi chiamarmi solo ed esclusivamente con il mio nome» ruggii, trattenendomi dal mollargli un bel ceffone in piena faccia, almeno non prima di aver ottenuto delle risposte. «Ed è Angie, giusto per ricordartelo.»

«Ok, Angie» sottolineò con un sorrisetto. «Cosa posso fare per te?»

Decisi di tagliare corto in modo da dover passare meno tempo possibile da sola con quel maiale in tenuta da avvocato: «Ne sai qualcosa del reggiseno di seta viola che ho trovato ieri nell'ufficio del signor Fulton?»

Il suo sorriso si allargò in modo disgustoso: «Ne hai sentito parlare, eh?»

«L'ho *visto*» puntualizzai.

Gli sfuggì una risatina: «Oh, non essere gelosa, dolcezza. C'è Brad a sufficienza per tutte!»

«Quindi era tuo!» lo rimbeccai.

«Non *mio*, ma...» Mi rivolse un sorriso ambiguo mentre valutava come girare la questione. «Di un'amica» decise infine.

«Se era amica tua che ci faceva quell'affare nell'ufficio del signor Fulton?»

Fece spallucce: «Diciamo... lei potrebbe aver pensato che sono il socio junior.»

«E perché dovrebbe averlo pensato?»

Sospirò e scosse il capo: «Eddai Angie, devo farti un disegnino?»

Bleah. «Il signor Fulton lo sa?»

Si schiarì la gola. «Certo che no! Credi che voglia beccarmi una sospensione?»

«No, ma te lo meriteresti. Dovrebbero sbatterti fuori!» sibilai lanciandogli un'ultima occhiata gelida prima di fiondarmi fuori dal suo ufficio.

Finalmente c'erano elementi sufficienti per farlo licenziare. Non me ne fregava niente di quanto fosse influente e rispettato suo padre: Brad era senza dubbio il verme più disgustoso che avessi mai conosciuto. Avrebbero dovuto licenziarlo mesi prima per molestie sessuali, ma era possibile che Thompson e

Fulton non ne sapessero niente, poiché io e Bethany tendevamo a ignorare il suo modo di comportarsi disgustoso senza dire niente.

Ma ora ne avevo abbastanza!

Mi precipitai direttamente nell'ufficio del signor Fulton dimenticandomi perfino di bussare.

Era al telefono, la voce ridotta a un roco bisbiglio: «Non mi importa, fallo a qualunque costo» ringhiò. «Occulta tutto. Almeno finché il divorzio non sarà definitivo.»

I nostri sguardi si incontrarono e il volto gli si contorse per un attimo in un'espressione di rabbia, prima di tornare al suo consueto piglio impassibile. Avrei dovuto girare sui tacchi e fuggire, ma ero troppo spaventata per muovere anche solo un muscolo. Stupido effetto 'cervo davanti ai fari'!

«Ti richiamo dopo» bisbigliò al telefono. Poi mi rivolse tutta la sua attenzione sfoderando il sorriso più falso che avessi mai visto in vita mia: «Angie, è pronta quella petizione?»

«Sì, vado a prenderla subito» mentii. Mi precipitai fuori dall'ufficio il più in fretta possibile.

Il licenziamento di Brad avrebbe dovuto aspettare: ora dovevo accertarmi di non diventare la prossima vittima. Avrei rinunciato volentieri al lavoro per salvare la pelle!

16

Fortunatamente il signor Fulton se ne andò poco dopo l'arrivo del corriere, il che significava che per il momento ero in salvo; in ogni caso avrei continuato a guardarmi le spalle finché non fosse stato dietro le sbarre.

Quando raccontai a Gattavius ciò che avevo sentito, anche lui dovette ammettere che il signor Fulton era sicuramente il responsabile dell'omicidio di Ethel.

«E se ha già ucciso una volta, è possibile che decida di farlo ancora» aggiunse.

Rabbrividii: «Hai ragione. E sono piuttosto sicura che sappia che *io* so.»

«Da quello che mi hai detto sembra probabile.»

Gattavius mi strofinò affettuosamente la testa contro il braccio ma non fu sufficiente a tranquillizzarmi: all'improvviso ogni ombra, ogni rumore inaspettato sembravano segni dell'imminente arrivo del mio capo pronto a uccidermi per essermi dimostrata fin troppo brava nel mio lavoro. Anche se, in effetti, avrei dovuto fare ricerche su precedenti legali e non su indizi di omicidio.

«Dobbiamo andarcene da qui!» dissi sentendo il panico crescere.

Gattavius mi fissò sgranando gli occhi ambrati e annuì: «Dove? Nella mia vecchia casa?»

«Certo che no!» gridai. «Andremo da mia nonna.»

Sentendomi vulnerabile perfino fra le mura di casa, preparai in tutta fretta una borsa con lo Sheba gourmet, l'Evian e la lettiera di Gattavius.

«Non dimenticare il mio iPad!» mi ricordò lui profilandosi sulla soglia della camera da letto. Sembrava molto meno spaventato di me, forse perché aveva sette vite a disposizione; ma lui non aveva visto l'espressione di rabbia del signor Fulton quando mi aveva beccata a origliare la sua telefonata. Se lo sguardo potesse uccidere, non avrei avuto scampo...

Ma ora basta: non dovevo lasciarmi prendere dal

panico o non sarei riuscita a fare il necessario per mettermi al sicuro. Dovevo concentrarmi sull'uscire di casa al più presto. In seguito avremmo potuto pensare a come esporre il caso alle forze dell'ordine. Forse alla nonna sarebbe venuta un'idea su come presentare gli indizi in modo da nascondere il fatto che il testimone principale era un gatto parlante.

Meno di un quarto d'ora dopo io e Gattavius piombammo a casa della nonna con tanto di valigia. Siano benedette le piccole città e i tragitti brevi!

«Angie?» la nonna fissò sorpresa prima me poi il tigrato al mio fianco. «Che bella sorpresa!» esclamò venendoci incontro e stringendomi in un forte abbraccio. Non fece domande sul gatto, anche se sapeva bene che non ne avevo mai avuto uno, facendomi sentire ancora più in colpa perché non andavo a trovarla abbastanza spesso.

Ci condusse in salotto; subito Gattavius le saltò in grembo e iniziò a fare le fusa.

«Mi piace» disse. «Mi ricorda Ethel.»

«Gli piaci» dissi alla nonna.

«E lui piace a me! È tuo?» Quel giorno la nonna indossava una camicetta verde smeraldo con gemme cucite a mano sul colletto che le calzava a pennello. Diedi una rapida occhiata ai jeans e alla T-shirt che indossavo, pentendomi subito di non essermi cambiata; ad ogni modo sapevo bene di non poter reggere il confronto con l'eleganza della mia talentuosa nonnina.

Scossi il capo accigliata: «*No*. Beh, forse. È una lunga storia.»

«E io ho tutto il tempo di ascoltarla. Racconta!» Non smise un istante di coccolare Gattavius mentre ascoltava il resoconto degli ultimi, sconvolgenti eventi.

Una volta iniziato a parlare non riuscivo più a smettere: una volta tanto era bello potersi confidare con qualcuno che mi prestasse davvero attenzione. Le raccontai delle prove contro il signor Fulton e delle accuse, quasi certamente false, che avevo rivolto a Bethany. Ora che avevo modo di rifletterci su, le dovevo davvero delle scuse, le più sincere.

«Sembra un copione preso direttamente da Broadway!» commentò la nonna riassumendo la situazione in modo piuttosto accurato. «C'è solo una cosa che non ho capito: come ti sono venuti i primi sospetti?»

Cercai con lo sguardo Gattavius perché mi desse un consiglio: «Diglielo!» disse lui saltandomi in grembo. «Puoi accarezzarmi se ti è d'aiuto.»

«Grazie» mormorai.

«Grazie per cosa, cara?» chiese la nonna con un sorriso.

Perché esitavo? Se non potevo fidarmi della nonna, la donna che mi aveva cresciuto, di chi altri al mondo avrei potuto fidarmi? E poi sarebbe stato bello rivelare il mio segreto a qualcuno!

Feci un respiro profondo e affondai le dita nella pelliccia di Gattavius, preparandomi alla grande rivelazione: «Ti ricordi quando sei venuta a prendermi all'ospedale, qualche giorno fa?» Davvero erano passati solo pochi giorni con tutto quel che era successo? Il mio mondo era cambiato in un batter d'occhio (ambrato e di gatto).

La nonna annuì: «Hai detto che si trattava solo di una lieve scossa elettrica. Era qualcosa di più serio?» chiese preoccupata prendendo gli occhiali per potermi studiare meglio.

«Si è trattato di una scossa elettrica, questo sì. Quello che non ti ho detto è che...» Mi morsi il labbro. Cosa avrei fatto se non mi avesse creduta?

«Vai avanti!» mi incoraggiò Gattavius. «Capirà.»

«Vai avanti!» disse la nonna; la sua fronte rugosa si contrasse per la preoccupazione nell'attesa. Anche se dirglielo mi faceva sentire in ansia, non era giusto farla aspettare ancora.

«Riesco a parlare con i gatti!» buttai fuori tutto d'un fiato, dicendolo finalmente ad alta voce.

La nonna spostò lo sguardo da me a Gattavius, poi di nuovo a me: «Lui sa parlare?» mi chiese riflettendoci su.

«Sì.» Annuii entusiasta. Voleva dire che mi credeva? «È stato lui a dirmi dell'omicidio di Ethel: era la sua proprietaria e lui era presente» spiegai.

«Mi dispiace molto per ciò che è accaduto alla tua proprietaria» disse la nonna a Gattavius, dandosi dei colpetti in grembo per invitarlo a tornare in braccio a lei. «Posso fare qualcosa per te?»

Ecco una delle molte ragioni per cui volevo così bene alla nonna: non metteva in discussione le mie bizzarre affermazioni. Se le dicevo qualcosa, mi credeva e basta. Tutti abbiamo bisogno di una persona così nella nostra vita.

Fui pervasa dal sollievo nel constatare che avevo fatto la scelta giusta a fidarmi di lei.

«Hai capito che cosa ha detto?» chiesi a Gattavius.

«Sì.» Guardò la nonna negli occhi e disse: «Grazie per le condoglianze.»

«Oh!» strillò la nonna deliziata. «Sta dicendo a me! Cosa significa quel piccolo, adorabile miagolio?»

Gattavius era raggiante di gioia; sembrava

piacergli essere vezzeggiato dalla nonna, anche se a me non permetteva di farlo.

«Ti ringrazia per le condoglianze» tradussi.

«Che micetto beneducato sei!» gli disse lei passandogli la mano lungo il dorso. Gattavius sembrava al settimo cielo e io non avevo intenzione di rovinare quel bel momento con un commento su quanto potesse essere sgarbato quando ci si metteva.

«Non so cosa fare, nonna» confessai. «Sono quasi certa che il signor Fulton abbia avvelenato sua zia, ma la polizia non crederà alla questione del gatto parlante tanto facilmente come hai fatto tu.»

«Questo è vero» disse lei accigliata.

«Quindi cosa posso fare? Non posso passare il resto della mia vita a temere che venga a cercarmi, ma non posso neanche andare alla polizia. Anche se mi licenziassi e tornassi a stare qui da te, non saremmo comunque al sicuro. E nessuno farebbe giustizia a Ethel. E cosa succederebbe se decidesse di uccidere ancora?»

Io e la nonna restammo in silenzio a riflettere mentre Gattavius faceva le fusa, felice di essere coccolato. Quell'ultima domanda non mi dava pace: se il signor Fulton avesse deciso di uccidere ancora, sarei stata davvero io la prossima vittima? Era la cosa più probabile...

«Oh accidenti! Diane!» gridai, colta da quell'improvvisa rivelazione. «Lei non ne sa niente!»

Era ovvio! Considerando che l'avevo sentito dire al telefono che il segreto andava mantenuto finché il divorzio non fosse stato definitivo e che lo stava richiedendo in tutta fretta, era chiaro che Diane sarebbe stata in serio pericolo se lui avesse deciso di colpire ancora.

Il fatto stesso che volesse divorziare dimostrava che non amava più la moglie. Cosa sarebbe successo se lei gli avesse fatto pressioni durante le procedure per il divorzio? Poteva davvero essere lei la prossima? Non aveva la minima idea di essere in pericolo...

Balzai in piedi: dovevo correre dalla mia amica e accertarmi che stesse bene.

«Aspetta un attimo, signorina!» disse la nonna alzandosi a sua volta e appoggiandomi una mano sulla spalla. «Sei venuta qui perché temevi per la tua sicurezza, non ti lascerò correre dritta a cacciarti nei guai! A prescindere dal fatto che te l'abbia detto il gatto, puoi presentare prove abbastanza solide contro il tuo capo e sembra che anche lui lo sappia. Presentarti a casa sua con delle accuse è l'ultima cosa che devi fare ora!»

Ci guardammo negli occhi: il suo sguardo mi pregava di non farlo, ma io continuai a fissarla senza esitare. Era mia nonna, la persona al mondo che più mi amava, e voleva solo il mio bene; ma non potevo restare a guardare se ciò significava firmare la condanna a morte di un'amica.

Mi scostai bruscamente.

«Mi dispiace, nonna, ma non ho altra scelta!» gridai, già sulla porta di casa.

17

La nonna non cercò di fermarmi e ne rimasi sorpresa. Molto meno sorprendente fu constatare che Gattavius voleva venire con me: un lampo marrone mi sfrecciò davanti mentre correvo verso l'auto.

«Andiamo!» disse il tigrato con uno sguardo pieno di determinazione che avrei trovato comico se non fosse stato per la gravità della situazione.

«Tu non vieni!» gridai. Non avevo tempo per discutere con lui: poteva essere già troppo tardi per Diane. «Ora levati di torno!»

Lui mantenne ostinatamente lo sguardo sulla portiera dell'auto in attesa che l'aprissi: «Ah, capisco. Posso venire con te solo quando *tu* pensi che ti possa essere utile.»

«È così» brontolai «E ora non ho bisogno di te. Vai dalla nonna e aspettami lì.»

Sbattendo vigorosamente la coda a destra e a sinistra, mi rivolse uno sguardo addolorato: «Sei davvero meschina a volte, lo sai?»

«E tu sei davvero fastidioso, sempre!» gli gridai augurandomi che si arrendesse. Metterlo in pericolo era l'ultima cosa che volevo. Nonostante tutto, mi ero davvero affezionata a lui.

«Come vuoi» ringhiò fissandomi dall'alto in basso. Quando infine aprii la portiera, saltò dentro a dispetto delle mie obiezioni e io reagii nel peggior modo possibile: lo presi per la collottola e lo riportai in casa.

«Lasciami andare!» strillò lui contorcendosi energicamente nel vano tentativo di sfuggire alla mia presa. «Questo è un colpo basso!!!»

Senza aggiungere altro lo mollai in casa e chiusi violentemente la porta prima che potesse reagire. Era la decisione migliore, anche se avrei sentito molto la sua mancanza. Oltretutto, se l'avessi portato con me, Diane avrebbe potuto chiedermi di lasciarlo da lei e non avrei potuto rifiutare. E non sopportavo l'idea di perderlo.

Non sapevo ancora come avrei fatto a convincerla a lasciarmelo, ma ci avrei pensato in seguito: ora dovevo salvarla dal triste destino che era toccata a Ethel.

Anche se probabilmente non ci saremmo più viste per via del divorzio e dell'eventualità che il suo ex finisse dietro le sbarre, tenevo a lei e non volevo che le accadesse nulla di male. Di fatto non auguravo a nessuno di morire, neanche a quell'idiota di Brad, figuriamoci alla povera Diane che ne aveva già passate tante.

Le dovevo almeno questo per la nostra seppur breve amicizia.

Ero stata dai Fulton una sola volta per un brunch aziendale durante le vacanze, ma ricordavo perfettamente dove si trovava la loro villa di lusso: dopotutto, l'area di Blueberry Bay non era così vasta e la cittadina di Glendale lo era ancora meno.

Mi fermai accanto alla facciata bianca, dinanzi alla quale si estendeva un vasto prato, e spensi il motore. Forse avrei dovuto telefonare per avvisare del mio arrivo, ma non volevo rischiare che il signor Fulton scoprisse che ero lì prima di aver avuto la possibilità di avvisare Diane del pericolo che si nascondeva proprio in casa sua.

Mi diressi alla porta ostentando più coraggio di quanto ne avessi in realtà. Provai a girare la maniglia evitando di suonare il campanello per non farmi notare e, poiché ci trovavamo in un piccolo centro del Maine, ovviamente la porta non era chiusa a chiave. Così entrai, sperando che non fosse troppo tardi.

Dentro era buio, il sole stava già tramontando.

«Diane? C'è qualcuno?» chiamai cercando a tentoni un interruttore della luce. Non lo trovai. Mi diressi in soggiorno ma mi voltai di colpo sentendo un asse del pavimento scricchiolare proprio alle mie spalle. Illuminata appena dalla luce pallida di un'ampia vetrata, un'alta figura si ergeva con le braccia sollevate sopra la testa.

«Diane?» chiesi strizzando gli occhi e pregando che fosse lei. Ma non ebbi molto tempo per pensarci perché...

SBAAM!

Sentii un dolore terribile alla fronte e, prima di riuscire a capire cosa stesse accadendo, crollai a terra svenuta. Di nuovo.

* * *

Quando ripresi conoscenza ogni fibra del mio corpo pulsava dolorosamente. Alla mia sinistra un grande fuoco ardeva con forza nel caminetto a pochi passi da me e la pelle mi si era già arrossata per il calore. Lottando per allontanarmi, mi resi conto di avere mani e piedi legati.

«Pensi davvero di poter fare irruzione in casa d'altri a quel modo?» gracchiò il mio aggressore avvicinandosi abbastanza da risultare esposto alla luce del fuoco. Ero certa che mi sarei trovata davanti il signor Fulton, ma non si trattava affatto di lui!

Era... Diane, la mia amica. *Cosa...? Era stata lei ad aggredirmi?*

«Diane» ansimai. «Sono io, Angie. Dobbiamo andarcene da qui!»

«So bene chi sei. Quello che non so è perché continui a metterti in mezzo.» Il disprezzo nei suoi occhi era così palese che riuscii a stento a riconoscere la donna che ritenevo amica.

La testa mi pulsava per il dolore, rendendomi difficile pensare con lucidità. Perché si comportava in quel modo? Forse il signor Fulton le aveva raccontato qualche menzogna, incolpandomi dell'accaduto? Non aveva senso.

«Ethel è stata assassinata!» gridai. Mi faceva male la gola ma non mi importava. «Dobbiamo dirlo a qualcuno!»

Diane grugnì e percorse la stanza a grandi passi alla ricerca di qualcosa. «Stai zitta!» disse. Forse era tutta una messa in scena: magari era spaventata o voleva convincere il marito di essere dalla sua parte in modo che non le facesse del male.

«Lasciami andare» supplicai. «Non è troppo tardi. Possiamo andare alla polizia e...»

Tornò accanto a me e si inginocchiò per guardarmi negli occhi: «Nessuno andrà alla polizia.» bisbigliò con tono inquietante. Poi mi assestò un forte schiaffo in pieno volto.

Questa volta il dolore mi schiarì la mente, costringendomi ad affrontare finalmente la verità: il signor Fulton non aveva nessuna colpa, né per l'omicidio né per ciò che stava accadendo.

«Sei stata tu!»

Mi rivolse un ghigno crudele e alzò gli occhi al cielo: «*Ovviamente.* Non fare la finta tonta. Quando hai ripreso i sensi alla lettura del testamento dicendo che si era trattato di omicidio non riuscivo a credere alle mie orecchie! A volte si sente parlare di medium, ma non credevo esistessero davvero.»

«Credi che sia una medium?» esclamai. Avevo male ovunque, ma la ferita emotiva restava la peggiore: come avevo potuto essere così ingenua da fidarmi ciecamente di Diane solo perché ci piacevano gli stessi programmi televisivi? E ora questo errore poteva costarmi la vita!

«E in che altro modo potresti mai essere venuta a

sapere dell'omicidio? All'inizio pensavo che fosse una specie di scherzo e che avessi detto una cosa a caso, tanto per dire, ma poi continuavi a sbucare fuori ovunque.»

Scossi il capo, lottando senza successo nel tentativo di slegarmi. In un certo senso Diane aveva ragione a pensare che avessi dei poteri paranormali, solo che non erano quelli che credeva lei.

«Alla commemorazione, a casa di Ethel...» continuò Diane spingendomi a terra quando vide che tentavo di slegarmi i piedi.

«Oh, non fare quella faccia sconvolta. Naturalmente Anne mi ha raccontato tutto. Quello che non riuscivo a capire era perché non fossi andata alla polizia, ma adesso è chiaro: volevi fare tutto da sola. Beh, hai fatto proprio un bel lavoretto!» La sua risata malvagia era totalmente in contrasto con l'idea della tranquilla casalinga che indossava completi coordinati e collane di perle che mi ero fatta di lei.

«Ma *perché?* Perché hai ucciso Ethel?» Oltre a voler finalmente capire il movente dell'omicidio, dovevo continuare a farla parlare mentre escogitavo un modo per tirarmi fuori da quella situazione. Supponevo che intendesse uccidermi a breve: era chiaramente una squilibrata capace di qualsiasi cosa.

Diane ringhiò come un animale feroce, scoprendo

i denti e dandomi i brividi: «Non l'hai capito proprio oggi, quando hai aiutato quel donnaiolo idiota che ho sposato a darmi il benservito?»

Sussultai e ciò sembrò darle soddisfazione.

«Quindi va davvero a letto con Bethany!» commentai allo scopo di prolungare la conversazione il più possibile. Mi ero sbagliata sull'assassino, ma non sul tradimento. E Bethany era colpevole, anche se il famigerato reggiseno non apparteneva a lei.

«A letto?» Diane arricciò il naso disgustata e si rimise in piedi.

Sentii il cellulare vibrare in tasca e mi venne un'idea: se fossi riuscita a chiamare Gattavius su FaceTime lui avrebbe potuto avvertire la nonna, che avrebbe chiamato la polizia. Dovevo distrarre Diane in modo da prendere il cellulare dalla tasca senza farmi vedere. Non sarebbe stato facile con le mani legate, ma dovevo provarci.

«Non è così?» chiesi in tono curioso.

«Spero proprio di no, considerando che è sua figlia. In ogni caso, in questo momento la figlia illegittima di Richard è l'ultimo dei miei problemi.» Iniziò a camminare rapidamente borbottando fra sé senza più rivolgermi la parola.

Come aveva potuto fingere così bene? Perché non ero riuscita a intravedere nulla dietro la facciata dell'amabile padrona di casa? E il signor Fulton sapeva? Era per questo che voleva il divorzio? Volevo sapere tutto i dettagli della storia, ma prima dovevo allontanare quella pazza assassina che continuava a camminare avanti e indietro davanti a me.

«Volevi il malloppo tutto per te!» affermai sperando che bastasse a farle intavolare un altro monologo.

«E chi non lo vorrebbe? E in ogni caso alla vecchia non restava molto da vivere. Se proprio vuoi saperlo, le ho fatto fare una fine ben migliore di quella che meritava.»

Mentre lei parlava, ero riuscita ad avvicinare le mani alla tasca; fortunatamente il telefono si trovava sul lato non esposto al caminetto, cosa che mi aiutò a celare i movimenti fra le ombre.

«Mai sei già ricca» mormorai, lieta che avesse distolto lo sguardo da me.

Diane aveva ricominciato a cercare freneticamente qualcosa nella stanza. Speravo che non si trattasse di una pistola: sono veloce, ma non sarei mai riuscita a schivare un proiettile, tantomeno dopo la botta in testa che mi ero appena presa.

Lei rise amaramente: «Sono ricca finché sono la signora Fulton, ma cosa accadrà dopo il divorzio?» per fortuna era una domanda retorica e continuò a parlare senza aspettare che rispondessi: «Pensavo di avere più tempo. Richard doveva essere l'unico erede e la metà del patrimonio sarebbe stata mia, se fossi riuscita a mandare avanti il matrimonio fino alla spartizione dell'eredità. Ma ero stufa di aspettare che la vecchia tirasse le cuoia, così ho deciso di darle un aiutino. Ma poi ho scoperto che aveva cambiato il testamento per lasciare quasi tutto a quello stupido gatto. Non riuscivo a crederci!»

Tenni gli occhi incollati a lei mentre infilavo la punta delle dita in tasca, facendo scivolare lentamente fuori il telefono. Andò avanti un bel pezzo a insistere su quanto tutto fosse stato ingiusto, ma non ascoltai quasi nulla: la mia attenzione era completamente rivolta al cellulare.

Premetti il tasto di sblocco (grazie al cielo avevo disabilitato il PIN), toccai l'icona di FaceTime e chiamai Gattavius, pregando che non fosse troppo offeso per accorrere in mio aiuto.

18

La chiamata venne inoltrata e Gattavius rispose al secondo squillo. Giuro che non ero mai stata tanto felice di sentire la voce di qualcuno in vita mia!

«Fammi indovinare» disse annoiato. «Sei in pericolo e devo correre a salvarti.»

Avrei voluto gridare di sì, ma Diane non doveva accorgersi per nessun motivo di ciò che stavo facendo o sarebbe finita male. Dovevo continuare a farla parlare finché Gattavius non avesse trovato un modo per tirarmi fuori dai guai. Ironia della sorte, tra tutte le situazioni assurde, doveva proprio capitare che la mia vita fosse nelle zampe di un gatto dall'offesa facile che poco prima avevo fatto arrabbiare di brutto.

Dovevo riprendere la conversazione, ma Diane

aveva smesso di prestarmi attenzione: era intenta a frugare in cassetti e armadi, sempre alla ricerca di qualcosa. Un paio di minuti più tardi trovò ciò che stava cercando e si avvicinò a grandi passi per mostrarmelo. Pregai che Gattavius fosse ancora in linea.

Nascosi il cellulare dietro la schiena fingendo di divincolarmi per slegarmi e riuscii a farlo sparire alla vista appena in tempo.

«La smetterei, se fossi in te» mi avvertì Diane mostrandomi ciò che aveva trovato. Teneva in mano un vecchio revolver; la luce del fuoco si riverberava sul metallo liscio e, anche se ero terrorizzata, non riuscivo a staccare gli occhi dall'arma.

«L'avrai capito» disse con un sorrisetto crudele. «È giunta la tua ora.»

Mi girava la testa e il pensiero tornò a Gattavius: non riuscivo più a sentire la sua voce. Forse la connessione era caduta o si era stufato di aspettare; ma dovevo procedere con il mio piano nella speranza che lui e la nonna fossero in ascolto.

«Non lo dirò a nessuno!» la supplicai. «Non dirò a nessuno che hai ucciso Ethel. Tu prenderai i soldi e sparirai. O me ne andrò io. Ma ti prego, lasciami andare!»

«Oh, Angie!» esclamò fingendo compassione.

«Dimentichi che ti conosco: non sai tenere segreto neanche il risultato di uno stupido programma televisivo! Cosa ti fa pensare che mi fiderei di te per una questione del genere?»

«Mi sparerai?» chiesi, la voce tremante di paura. Mi piacerebbe dire che era tutta scena, ma mentirei. Non sapevo se il mio piano stesse funzionando, né se sarei sopravvissuta a quella terrificante esperienza ma, se ci fossi riuscita, c'erano molte cose che non avrei più dato per scontate; tipo l'innocenza o la colpevolezza, tanto per dirne una.

Diane mi diede un calcio alle gambe e mi puntò la pistola al petto: «Quello è il piano B» disse freddamente.

«E quale sarebbe il piano A?» bisbigliai con il cuore che mi galoppava nel petto.

«Ti piace nuotare, vero Angie?» chiese assestandomi un altro calcio. «Potremmo fare un giretto al Pontile del morto, che ne dici?»

«Il Pontile del morto?» ripetei ad alta voce. «Ma lì la corrente è... Non riuscirei a... Io...» gridai.

«Oh, lo so.» Sul volto le balenò un lampo di piacere folle mentre mi slegava le caviglie. «Ora alzati.»

«Non voglio andare al Pontile del morto!»

gemetti. *Ti prego Gattavius, ascoltami!* Avrebbe capito cosa stavo cercando di dirgli?

«Ma è quello che voglio *io*.» Mi diede un altro calcio. «In piedi!»

Dovevo riuscire ad alzarmi senza che Diane notasse il cellulare sul pavimento alle mie spalle. Facendo una gran scena, mi rimisi faticosamente in piedi, per poi incespicare in avanti, gettandola a terra.

«Te ne pentirai!» ringhiò. Poi con una risata crudele e spaventosa aggiunse: «Per fortuna non ci vorrà molto.»

Si alzò e mi tirò su, poi mi condusse fuori con il revolver puntato tra le costole.

A quanto pareva eravamo dirette al Pontile del morto. La mia speranza era che non fossimo le uniche.

* * *

Nonostante il SUV di lusso di Diane, il viaggio in auto fu scomodo e doloroso. Di certo, se fossi sopravvissuta, non mi sarebbe venuto in mente per un bel po' di viaggiare legata e sdraiata sul sedile posteriore.

Dopo avermi fatta salire in macchina con la forza Diane mi aveva legato nuovamente i piedi. Mi tenne d'occhio dallo specchietto retrovisore per tutto il viaggio: provare a fuggire sarebbe stato impossibile e in ogni caso non ne avevo le forze.

Nel tempo che impiegammo a raggiungere il Pontile del morto avevo già perso la sensibilità alle gambe; sentivo solo un terribile formicolio e dubitavo che sarei riuscita a reggermi in piedi senza cadere.

Diane parcheggiò accanto a uno degli edifici anneriti che costeggiavano il pontile e ispezionò rapidamente il luogo prima di costringermi a scendere dall'auto.

Il vento sferzava con violenza le onde; lei mi afferrò per il polso conficcandomi le unghie nella pelle e mi trascinò al pontile più vicino. Avevo le caviglie legate troppo strette per riuscire a camminare e fui costretta a saltellare, cosa non facile con in piedi intorpiditi e il panico a mille.

«Mi stavi simpatica prima di tutto questo» borbottò Diane quando raggiungemmo la metà del pontile. «Ucciderti sarà molto più difficile di quanto lo sia stato con Ethel.»

Accidenti, grazie tante! Voleva farmi fuori, ma se non altro le dispiaceva un po'.

«Non... devi... farlo» dissi a fatica, perdendo l'equilibrio dopo l'ultimo salto e cadendo di faccia sulle vecchie assi segnate dalle intemperie.

«Smettila di fare la melodrammatica» mi sibilò all'orecchio afferrandomi per le braccia e rimettendomi in piedi, sbuffando e insultandomi. «Ti consiglierei di metterti a dieta, ma...» Alzò una mano in un gesto frivolo e scoppiò a ridere.

«Mi stai dicendo che sono grassa? Sul serio?» Mi bruciavano le gambe e mi ero ferita il volto nel punto in cui la guancia aveva colpito le assi poco prima. «Ora non ti sentirai più così in colpa a farmi fuori!»

Diane non rispose ma affrettò il passo, trascinandomi verso l'estremità del pontile.

Lanciai un'occhiata alle mie spalle per vedere se Gattavius e la nonna stavano arrivando con i rinforzi. Forse un pescatore solitario sarebbe arrivato a controllare le sue reti. Forse un'auto sarebbe casualmente passata di lì...

O forse non sarebbe arrivato nessuno e stavo davvero per morire.

Ormai ci trovavamo a meno di tre metri dalla fine del pontile; c'era l'alta marea e le onde si abbattevano con tale violenza da lambirne i bordi, increspandosi sulle assi di legno. Essendo cresciuta in una cittadina affacciata sull'oceano ero una buona nuotatrice, ma non abbastanza da sfuggire a onde come quelle, con mani e piedi legati per di più.

Era la mia ultima occasione di uscirne viva ed era

il momento di tentare: feci un respiro profondo e saltai, atterrando sui piedi di Diane. Finimmo entrambe riverse sul pontile.

«Pagherai per questo!» gridò con il poco fiato che le restava, massaggiandosi la mandibola nel punto in cui aveva sbattuto a terra. Contavo sul fatto che avrebbe urlato e imprecato a squarciagola, ma non lo fece. E non ero nemmeno riuscita a farla cadere in acqua.

Mi guardai freneticamente intorno alla ricerca di qualcuno che potesse salvarmi. *Gattavius, ti prego, aiutami!*

A quel punto capii che sarei morta comunque, così presi a urlare con tutto il fiato che avevo in corpo nella speranza che qualcuno mi sentisse e arrivasse in tempo: «Aiuto! Vuole uccidermi!»

Ma l'unico risultato che ottenni fu di far infuriare ancora di più Diane, che decise di concludere la faccenda in fretta. Scattò in piedi, gli occhi accesi di una rabbia animalesca, e ringhiò minacciosa: «Grazie Angie, hai reso tutto più facile!»

Non eravamo ancora giunte alla fine del pontile, ma Diane giudicò che fosse abbastanza: assestandomi una serie di calci nelle costole, mi spinse sempre più verso l'acqua.

«Ti prego, smettila!» gridai più forte che potei nell'oscurità.

Con mia grande sorpresa si fermò un istante. Mi guardò dall'alto, senza un briciolo di pietà: «Potevi evitarlo, ma hai continuato a immischiarti in cose che non ti riguardavano. È tutta colpa tua, non mia!»

Detto questo, si avventò su di me e mi spinse con entrambe le mani facendomi rotolare giù dal molo. Presi un profondo respiro prima di finire nelle acque implacabili dell'oceano, poi la forza delle onde mi spinse sotto, nell'oscurità.

l caso era chiuso. Ora lo sapevo...

Stavo per morire.

19

edere due volte la morte in faccia nel giro di una settimana doveva essere un record.

Il tempo scorreva inesorabile e non sapevo quanto a lungo sarei riuscita a resistere. No, probabilmente non sarei sopravvissuta alle correnti del Pontile del morto. C'era un motivo se si chiamava così! Se anche avessero trovato il mio corpo, non sarebbe stato certo il primo ripescato in questo pericoloso tratto di mare. E a quel punto, comunque, Diane sarebbe già sparita nel nulla.

. . .

Agitai braccia e gambe nel tentativo di risalire, con l'unico effetto di andare ancora più a fondo; l'acqua salata mi faceva bruciare le ferite e il dolore mi colpì di nuovo, accecandomi. Iniziavo a non riuscire più a trattenere il respiro e fui assalita dal panico: sapevo che a breve non ce l'avrei più fatta e inalare l'acqua salata mi avrebbe uccisa. Ma un'altra cosa era certa: non volevo morire!

Anche se all'apparenza non avevo alcuna possibilità, non dovevo mollare se volevo sopravvivere; così continuai a dimenarmi, aggrappandomi alla speranza, mentre le profondità oscure dell'oceano mi avvolgevano sempre più nel loro freddo abbraccio.

Con la mancanza di ossigeno al cervello il dolore iniziò ad attenuarsi; il mio corpo era più leggero e caldo e mi sembrava quasi che stesse tornando in superficie. Probabilmente ero morta senza accorgermene e quella era l'ascesa della mia anima in Cielo. Vidi perfino una luce davanti agli occhi.

E poi di nuovo dolore. Quindi... ero forse in salvo?

Infine lasciai andare il respiro, incapace di trattenerlo anche un solo istante di più. Il dolore aumentò di nuovo in un'ondata travolgente. La capacità del corpo umano di soffrire è stupefacente e il mio corpo trovava modi nuovi di farmi male anche negli ultimi istanti prima della fine.

Tossii e sputacchiai, espellendo acqua a grandi spruzzi; un brivido di freddo mi percorse dalla testa ai piedi, mentre solo pochi istanti prima mi ero sentita al caldo. Con estrema fatica sollevai le palpebre a sufficienza da capire che non mi trovavo più sott'acqua.

Qualcuno mi aveva ripescata e riportata sul pontile e qualcun altro stava risalendo a sua volta. Chi era stato a salvarmi? Non ebbi tempo di scoprirlo perché tutto si fece buio e persi i sensi.

Sì, *di nuovo*.

Per la terza volta in una settimana.

Di gran lunga la peggiore delle tre.

La gola mi bruciava come fuoco mentre vomitavo quella che sembrava essere lava rovente.

La voce della nonna fu il primo suono che riuscii a distinguere: «Bene così, tesoro. Butta fuori tutto!»

Continuai a tossire e sputare finché non fece troppo male per continuare. Quando riaprii gli occhi per vedere chi mi avesse salvata, mi trovai davanti un paio d'occhi ambrati che scintillavano nell'oscurità e mi fissavano colmi di pietà.

No, un momento: non era pietà, era *paura*.

Gattavius tremava dalle vibrisse alla punta della coda; pensai che fosse per via del pelo bagnato o del freddo della notte. «Temevo di aver perso anche te» disse ansimando.

«Ora sto bene» gli risposi allungando una mano per accarezzarlo. Sentii che era bagnato e mi chiesi se si fosse tuffato nonostante il ribrezzo che gli provocava l'acqua se non proveniva da una bottiglia di Evian.

Continuai ad accarezzarlo finché il suo respiro affannoso si calmò e infine venne coperto da forti fusa di soddisfazione.

«Diane Fulton» balbettai sputacchiando. «È fuggita?»

Un paio di braccia forti mi sollevarono in posizione seduta e mi avvolsero in una coperta termica. «L'abbiamo presa» disse il poliziotto con un sorriso rassicurante. Era fradicio quanto me, quindi doveva essere stato lui a gettarsi in acqua per salvarmi prima che il Pontile del morto mi reclamasse una volta per tutte.

La nonna si sedette al mio fianco, accavallando le gambe come se fossimo a un pigiama party e non su un pontile dopo un salvataggio di emergenza: «Bella pensata, la chiamata sull'iPad» mi disse, attenta a non fare riferimenti a Gattavius davanti all'uomo. «Siamo riusciti a registrare la conversazione e le minacce di morte e siamo corsi alla polizia» mi rivelò strofinandomi la spalla da sopra la coperta termica. «È stato terribile restare in ascolto, soprattutto quando è calato il silenzio.»

Mi si strinse il cuore immaginando la nonna in ascolto mentre Diane mi minacciava; per fortuna la mia nonnina era una tipa tosta e sembrava stare bene.

«Naturalmente dovrai comprarmi un nuovo iPad» aggiunse Gattavius facendosi strada sotto la coperta accanto a me. «Magari due, visto lo spavento che mi hai fatto prendere!»

«Ha fatto la cosa giusta» disse l'agente alla nonna. «Ha salvato la vita a sua figlia con la sua prontezza di spirito.»

«Mmm... a dire la verità, è mia nipote.» La nonna ridacchiò civettuola e si arrotolò un ricciolo sul dito, osservando l'agente dalla testa ai piedi. Un poliziotto che, per la cronaca, era davvero troppo giovane perché lei ci flirtasse a quel modo. «Cortesemente, mi ripete il suo nome?»

Certe cose non cambiano mai, grazie al cielo!

«Agente Damon Bouchard, madame.» Le sorrise

con gentilezza, ma io la sentii irrigidirsi alla parola *madame*. La liaison era finita ancor prima di cominciare, il che era un bene considerando quante ne avevamo già passate per quel giorno.

«È pronta a salire in ambulanza?» mi chiese l'altro agente, una donna, raggiungendoci.

«Il mio gatto può venire con me?»

L'agente Bouchard sorrise e scambiò uno sguardo con la sua partner: «Può venire in auto con noi, ma non sarà possibile farlo entrare in ospedale.»

«Ma...» esitai. Dopo tutto quello che avevamo passato non volevo separarmi di nuovo da lui così presto!

«Va tutto bene, cara» disse la nonna riportando l'attenzione su di me. «Mi prenderò cura di lui finché non ti rimetterai e tornerai a casa.»

«Potete lasciarmi un attimo da sola con lui?» chiesi, pur sapendo quanto quella richiesta potesse sembrare strana.

«Oh, certamente» rispose l'agente Bouchard.

«Ci trovate laggiù» aggiunse la sua collega indicando qualcosa a destra. Ma io non le stavo già più prestando attenzione.

«Tu puoi restare, nonna» dissi, vedendo che faceva per alzarsi. Lei si risedette e mi circondò con entrambe le braccia, poi attendemmo che gli agenti si allontanassero.

«Grazie! Mi hai salvato la vita!» bisbigliai a Gattavius, rannicchiato contro il mio petto. «Mi dispiace di averti preso per la collottola e per tutte le volte in cui sono stata scortese o poco comprensiva. In questo poco tempo sei diventato il mio migliore amico... insieme alla nonna ovviamente e... sono felice di averti con me. Mi perdoni?»

Gattavius rimase in silenzio per qualche istante, poi uscì dal tepore della coperta e si sedette di fronte a me: «Anche tu sei la mia migliore amica» disse strofinando la testolina contro la mia mano e facendo fusa fortissime. «Ma se mi prendi di nuovo per la collottola ti ucciderò e mi mangerò le prove!»

Scoppiai a ridere e rise anche la nonna, pur senza sapere bene perché.

«Grazie per aver fatto giustizia a Ethel» disse lui quando l'eco delle nostre risate si spense. «Le saresti piaciuta, sai.»

Mi vennero gli occhi lucidi a quelle parole. Accidenti, non ne avevo avuto abbastanza di acqua salata per quella sera? In ogni caso, considerando quanto era meraviglioso il suo gatto, ero certa che anche lei mi sarebbe piaciuta.

20

Tutto sommato mi sentivo bene, ma in ospedale insistettero per tenermi in osservazione ventiquattr'ore per valutare la situazione, a detta loro ancora a rischio a causa del quasi annegamento.

Mi sfuggì un gemito ben udibile quando un volto familiare fece il suo ingresso nella stanza:

«E così...» disse con un sorriso odioso il dottor Artie Lewis, quello che mi aveva visitata in pronto soccorso pochi giorni prima, «ha deciso di alzare l'asticella questa volta, eh? Guardi che la sua vita non è un film d'azione! Non può continuare a metterla a repentaglio e pensare di cavarsela sempre.»

Sì, era lo stesso tizio che mi aveva fatta sentire

un'idiota dopo che avevo perso i sensi prendendo la scossa dalla macchinetta per il caffè. Era sconfortante constatare che il suo modo di rivolgersi ai pazienti non era migliorato neanche di una virgola.

Scosse il capo, ignorando il fatto che non avevo risposto al suo saluto né a ciò che aveva detto. «L'annegamento è certamente un modo più rimarchevole per perdere conoscenza. Complimenti.»

Davvero si stava complimentando per il modo in cui ero finita in ospedale? Già, perché lo avevo deciso io, no? Mi chiesi se fosse uno sempre in cerca di guai quando non era impegnato a svolgere (ben poco brillantemente) il suo lavoro: sembrava che si entusiasmasse a discutere i dettagli di ciò che mi era successo.

«Mi lasci in pace!» gli intimai infine. Non ne avevo già passate abbastanza per quel giorno? Ero quasi morta, che diamine!

Mi lanciò uno sguardo gelido, ridacchiò fra sé e disse: «Spiacente ma no. Stavolta le serve qualcosa di più di un analgesico. E comunque, sorridere di tanto in tanto non le farebbe male, sa?»

Se ne avessi avuto le forze mi sarei fiondata fuori dal letto per dargli un pugno in faccia, ma ne avevo abbastanza anche della violenza per il momento, anche se quell'uomo sembrava fatto della stessa brutta pasta dell'orribile Brad.

Forse era il caso di provare con la medicina alternativa... o di smettere di perdere conoscenza un giorno sì e uno no. Delle due l'una.

«Tornerò da lei più tardi» annunciò il dottor Lewis dopo una breve occhiata ai miei parametri vitali. «Qualcuno è venuto a trovarla. Li faccio accomodare?»

«Sì, grazie.» Annuii emozionata, chiedendomi se la nonna avesse trovato un modo per far entrare Gattavius di nascosto. Ovviamente sarei stata ben felice di vedere anche lei.

Ma non si trattava della nonna.

Pochi minuti dopo il signor Fulton e Bethany fecero il loro ingresso; lui aveva con sé un gigantesco orsacchiotto rosa con su scritto *Angie* che mi fece ridere.

Scoprii però che ridere mi faceva un gran male al petto.

«Come stai?» mi chiese Bethany facendo scorrere le dita sul bordo del letto. Non l'avevo mai vista indossare niente di diverso dagli eleganti completi che sfoggiava al lavoro e fui sorpresa di constatare che quel giorno esibiva uno stile piuttosto spensierato:

indossava una camicetta bianca e pantaloni a pois rossi che sarebbero potuti uscire benissimo dal mio guardaroba o da quello della nonna.

«Non male, tutto sommato.» Sorrisi per mostrarle che stavo bene e che non c'erano risentimenti fra noi.

«Sono terribilmente dispiaciuto per quello che ti ha fatto mia moglie» si intromise il signor Fulton cogliendomi di sorpresa. Ero in ospedale da poche ore, come facevano lui e Bethany a essere già al corrente dell'accaduto?

«Come avete fatto a saperlo?» domandai. Quanto sapeva dell'accaduto? Era a conoscenza del fatto che era stata Diane a uccidere la sua amata zia?

Lui si affrettò a spiegare: «Sono rientrato prima del previsto dai miei impegni e ho visto la tua auto davanti a casa mia e la porta di casa spalancata. Poco dopo è arrivata la polizia per interrogarmi, così sono venuto a conoscenza delle malefatte commesse da Diane.»

«E tu?» chiesi a Bethany. Di colpo ricordai che, fra le sue deliranti farneticazioni, Diane aveva detto che Bethany era figlia del signor Fulton. Volevo saperne di più ma speravo di ottenere spiegazioni senza dover porre domande dirette. In fin dei conti, tecnicamente non erano affari miei.

Bethany lanciò un'occhiata ansiosa al signor

Fulton: «Mi ha telefonato lui mentre veniva in ospedale.»

«Ok» sbottai, incapace di trattenermi. «Diane mi ha detto di voi due. Ammesso che sia vero...»

Mi rivolsi al signor Fulton: «Bethany è davvero sua figlia?»

«Sì» risposero in coro, fissandomi con la stessa espressione.

«Perché non me l'hai detto?» le chiesi ripensando alla scenata che le avevo fatto alla commemorazione. Mi sentivo malissimo a ripensarci.

«Non volevo che la cosa venisse fuori» spiegò il signor Fulton. «Diane era già furiosa.»

«L'hai sempre saputo?» chiesi nuovamente a Bethany.

«No. Quando ho iniziato a lavorare per lo studio sospettavo che potesse essere lui il padre che non avevo mai conosciuto, ma abbiamo ricevuto da poco i risultati del test del DNA. In effetti, però, è per questo che mi sono fatta assumere.»

Il signor Fulton sembrava sul punto di sentirsi male: «Ho tradito Diane quando eravamo fidanzati. È accaduto solo una volta, ma...»

«Mia madre rimase incinta» proseguì lei. «Ho avuto... dei problemi di salute seri negli ultimi anni, così ho iniziato a fare ricerche sulla mia famiglia per valutare il da farsi. Alla fine mia madre ha ceduto e mi ha raccontato di mio padre.»

«Oh.» Non riuscii a dire altro. Il tradimento doveva essere stato un duro colpo per Diane; anche se all'epoca non erano ancora sposati, erano comunque fidanzati. Partiamo sempre dal presupposto che la persona con cui stiamo non ci tradirà, ma immaginiamo anche che non cercherà di assassinare i nostri cari.

«Abbiamo pensato che, dato che Diane ti ha coinvolta, meritavi di conoscere tutta la storia» disse Bethany con un sospiro.

«Mi dispiace terribilmente, Bethany! Ti ho trattata in modo ignobile.» I pensieri si accavallavano: era cresciuta senza un padre, aveva avuto dei problemi di salute seri di cui ancora non riusciva a parlare e aveva appena perso una zia senza avere avuto nemmeno l'opportunità di conoscerla.

«È vero» assentì accigliata, ma subito il suo volto si distese in un sorriso «Ma anch'io non ho perso occasione di comportarmi in modo orribile con te. Smettiamo di farci la guerra e iniziamo a darci una mano a vicenda, ok?»

«Fra donne dobbiamo aiutarci» concordai. «E mi piace molto il tuo look di oggi.»

Sorrise e fece una giravolta scherzosa.

«Ribadisco, mi dispiace terribilmente per ciò che ti ha fatto Diane» disse di nuovo il signor Fulton con espressione addolorata. «Ciò che non capisco è perché l'abbia fatto. Tu lo sai?» Mi osservavano, ansiosi di sapere.

Feci un respiro profondo per farmi coraggio prima di rivelare: «Era convinta che fossi una medium e che avessi scoperto tutto. Così ha confessato di aver ucciso Ethel come parte di un piano per ottenere più soldi con il divorzio.»

Il signor Fulton sospirò e scosse il capo.

«E lo sei?» mi chiese Bethany trattenendo il respiro in attesa della risposta.

Aggrottai la fronte, confusa: «Sono... cosa?»

«Una medium» puntualizzò lei.

«Che cosa?!» Ridacchiai nervosamente. Non avrei mai rivelato a nessuno la verità su me e Gattavius, ad eccezione della nonna. «Certo che no, che sciocchezze!»

Anche lei rise: «Volevo solo accertarmi che avessi ancora tutte le rotelle a posto dopo tutte le botte in testa che hai preso.»

Il signor Fulton appoggiò una mano sulla spalla della figlia: «Bethany, ci concedi un istante?»

«Certo, ti aspetto fuori» rispose. Mi rivolse un

ultimo sorriso prima di uscire dalla stanza e si richiuse la porta alle spalle.

Il signor Fulton prese una sedia e la piazzò di fianco al letto: «È superfluo dire che lascerò lo studio legale.»

Annuii senza capire dove volesse arrivare.

«Coglierò l'occasione per andare in pensione, provare a creare un rapporto con mia figlia e godermi la vita senza pensare al lavoro, una volta tanto.»

«Fantastico» dissi. Ero contenta per lui, ma mi era difficile mostrare entusiasmo. La mia mente era oberata da tutte quelle nuove informazioni e avevo bisogno di riposo.

«Fino ad oggi non avevo la minima idea delle macchinazioni di Diane, ma mi dispiace moltissimo che tu abbia rischiato la vita.» Infilò la mano nella tasca della giacca ed estrasse il libretto degli assegni: «So che non è sufficiente, ma vorrei sdebitarmi in qualche modo. Pensi che centomila siano abbastanza per...? Beh ecco, per farmi perdonare?»

Cercai di alzare una mano senza riuscirci: «Non mi deve nulla e non ha nulla di cui scusarsi.»

«Per favore, permettimi di aiutarti. Avrei dovuto dare ben di più a Diane con il divorzio, ma probabilmente lei passerà il resto della vita in prigione e io ho molti più soldi di quanti ne potrò mai spendere.»

Sembrava davvero triste e desiderava disperatamente compensarmi in qualche modo. Ma non aveva fatto nulla di male. Beh, non negli ultimi trenta e qualcosa anni.

«Non mi serve nulla, davvero» risposi, rendendomi conto un attimo dopo che non era del tutto vero.

Il signor Fulton colse la mia incertezza e insistette: «Invece sì. Che ne dici di centocinquanta? Duecento? Dimmi tu la cifra!»

Per un istante immaginai come sarebbe stata la vita con tutti quei soldi: avrei potuto smettere di lavorare, comprarmi una casa tutta mia o prendermi un paio d'anni per girare il mondo. Avrei potuto fare tutto ciò che desideravo.

Ma onestamente la mia vita mi piaceva così com'era, anche se da fuori poteva apparire scialba. Certo, mi sarebbe piaciuto avere un sacco di soldi - *a chi non sarebbe piaciuto?* - ma volevo farcela con le mie forze e trovare la mia strada.

Ciò nonostante, c'era una cosa che desideravo con tutto il cuore e che solo lui avrebbe potuto darmi: «Avrei una richiesta, se non le dispiace» dissi passandomi la lingua sulle labbra secche e screpolate.

Si rianimò e avvicinò la penna al libretto degli assegni: «Qualsiasi cosa. Dimmi la cifra.»

«Le dispiacerebbe se mi tenessi il gatto?» chiesi trattenendo il fiato.

Chiuse il libretto degli assegni e mi rivolse uno sguardo vacuo: «Gatto?»

«Sì, Octavius Maxwell...» scoppiai a ridere. «Il gatto di Ethel. Me ne sono occupata in questi giorni.»

«*Il gatto!*» Infine realizzò e lo sguardo gli si accese. «Me n'ero completamente dimenticato, con tutto quello che è successo in questi giorni.»

Sorrisi in attesa di una risposta. Sembrava stranamente soddisfatto.

«Ma certo che puoi tenere il gatto! Ti farò avere le sue cose quando tornerai a casa.»

Il mio cuore era pieno di gioia! Anche se all'inizio mi era sembrata un vero tormento, non mi sarei separata da quella palla di pelo per nulla al mondo, neanche per duecentomila dollari!

«Grazie di cuore!» gridai al signor Fulton, che stava già uscendo dalla stanza.

Ero fuori di me dalla gioia e non vedevo l'ora di tornare a casa e dare la buona notizia a Gattavius.

* * *

Mi diedero due settimane di mutua per riprendermi dalla brutta avventura e ne trascorsi la maggior parte accoccolata sul divano con Gattavius accanto, a guardare i nostri programmi televisivi preferiti. Ce n'era perfino uno con un tizio che si definiva addestratore di gatti ed entrambi lo trovavamo comico: ogni volta che il cosiddetto esperto si lanciava a spiegare cosa stesse provando il micio, Gattavius trovava da ridire e scoppiavamo a ridere.

Dopo qualche giorno di vacanza forzata ricevetti un plico tramite corriere.

«Di che si tratta?» gli chiesi dopo aver firmato. Ma l'uomo fece spallucce e se ne andò, lasciandomi sola con quella busta misteriosa. A giudicare dallo spessore la lettera all'interno doveva avere una buona ventina di pagine.

«Cos'abbiamo qui?» chiese Gattavius sedendosi accanto a me sul tavolo, mentre anche io mi interrogavo su cosa potesse essere.

«Non ne ho la minima idea» risposi armeggiando per aprire la busta senza strapparla.

«Allora avanti, aprila! Sono curiosissimo!» In effetti lo ero anch'io.

Tirai fuori il plico e lessi rapidamente la prima pagina, poi sfogliai le altre soffermandomi sui titoli di ciascuna sezione di quello che era, a tutti gli effetti, un documento legale.

«Per favore, Gattavius» mormorai, incapace di staccare gli occhi dal foglio. «Ripetimi il tuo nome completo.»

«Octavius Maxwell Ricardo Edmund Frederick Fulton Russo» proclamò Gattavius scandendo bene ogni sillaba.

«Oh, hai aggiunto il mio cognome!»

«Certamente! Ora sei la mia umana» rispose con un tenero sussulto delle vibrisse.

«Tuttavia, dovrai rinunciarci a scopi legali.»

«Perché?»

Gli misi davanti i fogli anche se non era ancora molto bravo a leggere.

«Cosa c'è scritto?» La coda scattava da un lato all'altro, concitata.

«Si tratta della documentazione del fondo fiduciario che ti ha lasciato Ethel. Ora che vivi con me sono ufficialmente il tuo tutore legale, nonché garante del tuo patrimonio.»

Sbadigliò. «Vale a dire?»

«Due cose» gli spiegai con un ampio sorriso dipinto sul volto. «Primo, ora sei il mio gatto anche per la legge. Secondo, riceveremo cinquemila dollari al mese per le tue esigenze e per mantenere lo stile di vita a cui sei abituato!»

Gattavius spalancò gli occhi color dell'ambra: «Finalmente!» strillò commosso. «Sapevo che Ethel avrebbe pensato a tutto! È giunto il momento di fare una bella chiacchierata su dove trasferirci!»

Il prossimo libro della serie è ora disponibile!

Scarica la tua copia di *Testimone a quattro zampe* e comincia subito a leggere…

MOLLY E I SUOI LIBRI

CHI È MOLLY FITZ

Tecnicamente, la scrittrice e autrice di best-seller Molly Fitz non è in grado di parlare con gli animali. Questo però non le impedisce di avere conversazioni serie e molto animate con i suoi tre assistenti-scrittori felini.

Molly vive in una sperduta regione selvaggia dell'Alaska insieme a suo bambinə e lo zoo di famiglia. Di tanto in tanto, Molly si arrischia a uscire di casa, se c'è in vista un buon pranzetto o aroma di caffè... o, magari, per incontrare nuovi amici animali.

Scopri di più su Molly e sui suoi libri, e non dimenticarti di iscriverti alla newsletter su **www.raccontimiciosi.com**.

* * *

UN DETECTIVE CON LE VIBRISSE

Angie Russo si è messa in società con il primo gatto parlante investigatore di Blueberry Bay, Gattavius, che, insieme alla sua banda un po' sgangherata di aiutanti animali e umani, risolverà ogni mistero... a patto che questo non interferisca con le sue abitudini. Comincia con il primo libro della serie, **_Il segreto del gatto_**.

LE AVVENTURE MAGICHE DI MERLINO

Gracy Springs non è una maga... ma il suo gatto, sì! Adesso, però, Gracy deve mantenere il segreto, altrimenti rischia di passare il resto della vita in una prigione magica. Grossi guai sembrano attenderli a ogni passo. Comincia con il primo libro della serie, **_Merlino sceglie un famiglio_**.

... E TANTE ALTRE NOVITÀ IN ARRIVO!

* * *

CONNETTITI CON MOLLY

Se sei alla ricerca di una community di lettori stravaganti, che amano gli animali tanto quanto i libri, allora non c'è dubbio: saremo amici!

Segui **la mia pagina Facebook**: www.facebook.com/raccontimiciosi

Iscriviti alla mia **newsletter** e riceverai un pacchetto gratuito in formato digitale, tutte le ultime novità e aggiornamenti e, nelle occasioni speciali, omaggi pensati apposta per gli appassionati: www.raccontimiciosi.com/iscriviti

www.ingramcontent.com/pod-product-compliance
Lightning Source LLC
Chambersburg PA
CBHW050327110726
47899CB00007B/2400